VOLUME:TWO 2
戸塚 陸
［イラスト］白蜜柑
【恋バナ】これはトモダチの話なんだけど
[KOIBANA] KORE wa TOMODACHI no HANASHI NANDA KEDO
～すぐ真っ赤になる幼馴染は キスがしたくてたまらない～

VOLUME:TWO
NOA FUJISHIRO
TOZUKA RIKU & SHIROMIKAN PRESENTS
2

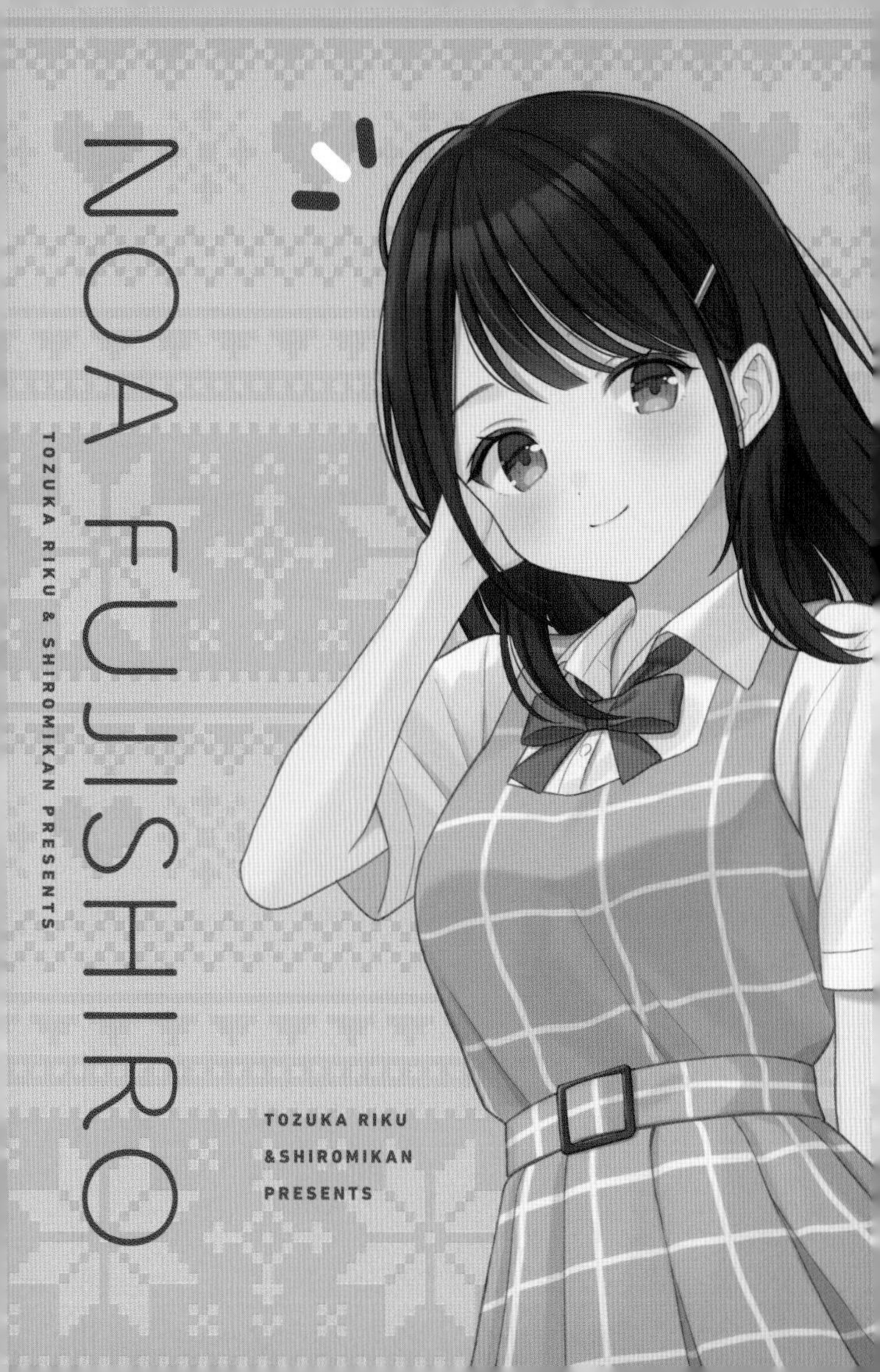
NOA FUJISHIRO
TOZUKA RIKU & SHIROMIKAN PRESENTS
TOZUKA RIKU
&SHIROMIKAN
PRESENTS

[KOIBANA] KORE wa
TOMODACHI no HANASHI
NANDA KEDO

[CONTENTS]

TOZUKA RIKU
&SHIROMIKAN
PRESENTS

プロローグ

まだ幼い頃から、蒼汰《そうた》と乃愛《のあ》はいつも一緒にいた。

やんちゃだった蒼汰《そうた》が乃愛《のあ》を泣かせることもあったが、それでも乃愛《のあ》は懐《なつ》いていた。

そんなある日。

「わたし、そうたのおヨメさんになる」

子供ながらの発言に、蒼汰《そうた》は「いいぜ、まかせろ」と二つ返事をしたものだ。

当時の乃愛《のあ》が、どこまで本気だったのかはわからない。でもそれ以降、乃愛《のあ》がさらに引っついてくるようになったのを覚えている。

「オトナはね、ちゅーするんだって」

これまたある日、乃愛《のあ》がそんなことを言い出した。

対する蒼汰《そうた》は考えもなしに、「ちゅーくらい、おれでもよゆうだぜ」と返したものだ。

すると、乃愛《のあ》が近づいてきて、

――ちゅっ。

と、頬にキスを――

「――してないだろっ⁉」

がばっと起き上がった蒼汰《そうた》は、夢うつつの気分ながら大声を出した。

周囲を見回して気づいたが、そこは自室のベッドの上で。

「おいおい、俺はなんて夢を見てるんだよ……しかも勝手に事実を捏造《ねつぞう》するとか」

実際のところ、キス以外は全て本当のことである。

でも夢とはいえ、あんな事実の捏造《ねつぞう》をしてしまったのは、連休明けに乃愛《のあ》が頬キスをしてきたせいだろう――と。

少なくとも、蒼汰《そうた》はそう考えていた。

「はぁ、もうひと眠りするか……」

時計を見ると、まだ朝の五時過ぎである。

ごろんと寝転がったところで、ふと机の端に置かれた写真立ての中に蒼汰《そうた》と写る、高校入学時の乃愛《のあ》の姿が目に入った。

(やっぱり乃愛《のあ》は可愛《かわい》いよなぁ……というか、好きだ)

なんてことを思いながら、蒼汰《そうた》はもう一度眠りに就いた。

◆◆◆

一方、このときの乃愛《のあ》はというと。

「『高校生がキスする方法』――う～ん、ろくな検索結果が出てこない」

自室のベッドに寝転がりながら、スマホをいじっており。

「――ハッ⁉　もうこんな時間！　作戦を練っていたら徹夜してしまった……！」

考えていることは蒼汰《そうた》と同レベルだったが、こちらはもう少しひどいものだった。

蒼汰《そうた》宛てに『モーニングコールをよろしく』とメッセを送り、乃愛《のあ》はスマホを閉じる。

「蒼汰《そうた》、大好きぃ。おやすみなさ～い……」

夢の中でも会えるように祈ってから、乃愛《のあ》はゆっくりと目を瞑《つぶ》った。

すでに連休明けから数日が経《た》つ。

だがこの通り、それでも二人は相変わらず、頬キスの件を気にしているのだった。

第一章 【恋バナ】 あくまでトモダチの話なんだけど

五月中旬。とある平日の昼下がり。

澄みきった青空の下、蒼汰《そうた》と乃愛《のあ》は中庭のベンチで昼食をとっていた。

「暑い……」

隣に座る乃愛《のあ》が気だるそうにぼやく。ポニーテールに結んだ黒髪と夏用の半袖ブラウス姿が涼やかで新鮮である。

ちなみに今日の最高気温は三十度近くとのこと。加えて雲一つないことで直射日光が降り注ぎ、体感温度は夏本番とさして変わらないほどだった。

「どうりで他の生徒の姿がないわけだな。今頃みんなはクーラーの利いた教室で涼んでいるのか～」

蒼汰《そうた》も額の汗を拭いつつぼやき、なんとなく乃愛《のあ》の方を見遣《みや》る。

ちょうど乃愛《のあ》はスポーツドリンクの入ったペットボトルに口をつけたところで、美味《おい》しそうにごくごくと喉を鳴らしていた。この光景だけで清涼飲料水のＣＭが一本できそうだ。

首筋を伝う汗がやけに色っぽくて、ブラウスの胸元からチラと覗《のぞ》く谷間に目が釘付《くぎづ》けになる。

ごくり、と蒼汰《そうた》は思わず生唾を飲み込んだ。

「飲む？」

蒼汰《そうた》がじっと見つめていたからだろう。喉が渇いたと勘違いしたらしい乃愛《のあ》は、平然とペットボトルを差し出してくる。

「いや、その……」

——間接キス。

乃愛《のあ》の薄桃色の唇が視界に入ったことで、蒼汰《そうた》はその単語が思い浮かべると、すぐさま連休明けの出来事に繋《つな》がっていく。

乃愛《のあ》が頬にキスをしてきた、あの出来事だ。

加えて、告白未遂の件もまだ気になっている。あれが本当にトモダチの気持ちを代弁しただけなのか、あるいは乃愛《のあ》自身の気持ちで、単に日和っただけなのかは不明だ。

あれからもう一週間ほどが経《た》つ。乃愛《のあ》には『気にしなくていい』と言った以上、告白未遂の件は置いておくとして……どうしても、あの頬キスの件に思いを馳《は》せてしまうのは思春期男子の性なのかもしれない。

「熱中症？」

思わず考え込んでしまった蒼汰《そうた》に対し、乃愛《のあ》が心配そうに尋ねてくる。

ところが本当に暑さにやられたのか、蒼汰《そうた》には乃愛《のあ》が発した言葉が「ねっチューしよ？」に聞こえていた。本当にどうかしてしまったのかもしれない。

気を取り直して、蒼汰《そうた》は首を左右に振ってみせる。

「いや、大丈夫だ。飲み物だって自分のぶんがあるし」

「そう。じゃあなんで見つめていたの？」

「そりゃあ、その……なんとなくというか」

上手《うま》いごまかし方が思いつかない蒼汰《そうた》を見かねてか、乃愛《のあ》はため息交じりに言う。

「一つ忠告しておく。やらしい視線は意外とバレるものだから、他の人にはやっちゃダメ」

「うっ、了解だ」

今の言い方だと乃愛《のあ》にはやっていいようにも聞こえるが、その辺りは気にしないでおく。

そもそもどうして、今日はこんな暑い中で昼食をとることになったのか。他の生徒には聞かれたくない事情があるというのは、おおよそ察しがつくのだが……。

「で、だ。何か話があるんだろ？」

気まずい空気を切り替えるべく、蒼汰《そうた》は本題に入ることを促した。

すると、乃愛《のあ》はわざとらしく咳払《せきばら》いをしてから口を開く。

「——これは、あくまでトモダチの話なんだけど」

二人の間ではすっかり定番になった『トモダチの話』だが、未《いま》だに始まるときには妙な緊張感が漂うことがある。

内容は相変わらずとりとめもないことばかりだが、少しは関係に変化があったからか、男女の気まずさを以前よりも強く感じる瞬間があった。

そして、それが今だった。

やはり蒼汰《そうた》が連休明けの頰キスを意識してしまったせいだろうか？　それともこの暑さのせいだったりするのだろうか。

「……蒼汰《そうた》、鼻の下が伸びてる」

「伸びてない」

「伸びてた。またえっちなことを考えていたでしょ」

「いや、そんなことはないぞ？　疑われるなんて心外だ」

えっちなことは考えていないが、邪《よこしま》な気持ちがあったことは否定できない。

「怪しい」

「い、いいから、話を続けてくれ！」

今のやりとりのおかげで、幾分かは緊張感が和らいだ気がする。

乃愛《のあ》は仕切り直すように深呼吸をしてから、真《ま》っ直《す》ぐに視線を向けてきた。

「お、おう」

「トモダチが言うには、イベントこそが男女の仲を深めるきっかけになるらしいの」

「イベント、ね……。まあ、そりゃそうだろうな。具体的にどんなイベントを指しているのかはわからんけど」

言いながら、蒼汰《そうた》はコンビニで買った惣菜《そうざい》パンを頬張る。

乃愛《のあ》もお弁当のおかずを口に運びながら、視線はこちらに向けたまま話を続ける。

「蒼汰《そうた》はイベントといえば、なにを想像する？」

「さっそく俺に尋ねてくるのか」

「トモダチがちゃんと蒼汰《そうた》にも聞くよう言っていた。蒼汰《そうた》の理想に近づくこともまた、重要なミッションの一つなんだから当然」

どことなく乃愛《のあ》の言い回しが、以前よりも大仰になっているのは気のせいだろうか。

「まあいいけどさ。——やっぱり直近で言えば、中間テストになるんじゃないか？　学生の本分は勉強って言うくらいだし」

「はぁ、蒼汰《そうた》には夢がなさすぎる。テストなんて些事《さじ》はあってないようなもの」

やれやれ、と肩をすくめてみせる乃愛《のあ》の仕草を見て、蒼汰《そうた》の中に不安が生まれる。

「……まさかとは思うけど、ちゃんとテスト勉強はしているよな？　もうすぐテスト期間に入るんだぞ」

「イベントといえば、もっと男女の距離が密接になるものを想像するべき」

「思いっきり聞き流したな……。まあそうなると、クリスマスやバレンタインとかか？」

「ま、まあ、そういうやつ」

乃愛《のあ》はその単語を耳にしただけで赤面している。相変わらずうぶな反応である。

「でもどっちも時季外れだしな〜。他には学校行事も一応含まれるか。文化祭とか、体育祭とか。といっても、どっちもまだ先だけど」

「うっ、頭が……学校行事は好ましいと思えない」

「この人見知りめ。それじゃあ、他になにがあるんだ？」

やれやれ、と乃愛《のあ》は呆《あき》れた様子でため息をつく。……ため息をつきたいのはこちらの方なのだが。

「その見当がつかないから尋ねたの。世間の若者はこの時期、一体どんなイベントを過ごすものなの？」

「いやだから、世間の若者にはこれから中間テストがあるんだって」

「むぐ……」

乃愛《のあ》自身もその若者なのだというツッコミは、この際したところで無駄だろう。

それに蒼汰《そうた》と乃愛《のあ》は、世間一般の若者たちとは状況も交友関係もひと味違うわけで。

ここで頭を悩ませ続けても、良案がすぐに出るわけじゃない。ひとまずはトモダチの話も一段落したので、今度は蒼汰《そうた》の方から話題を振ることにする。

「ところで、今日の放課後は空いてるか？」

「へっ⁉　……あ、空いてるけど？」

急に乃愛《のあ》があわあわとし始めた。これは何かを期待している顔だ。

「なんか期待しているところ悪いけど、一緒にテスト勉強をしようと思ってさ」

途端に乃愛《のあ》がげんなりしてみせる。態度の変化があからさまである。

「そういえば今日は、予定が入っていたことを思い出した。放課後は付き合えそうにない」

「いやいや、現実逃避は許さないからな？　大人しく一緒に勉強しろ！」

「思い出した、持病の五月病が再発しそうなんだった」

「適当なことを言っても、今日は乃愛《のあ》んちにお邪魔させてもらうからな？　ばあちゃんにも連絡を入れておいてくれ」

「うぅ～、蒼汰《そうた》がスパルタすぎる」

「これでも全然甘い方だっての……」

これはもう少し蒼汰《そうた》の方が気を引き締めないと、いろいろと危ない気がするのだった。

◇

というわけで放課後を迎えるなり、蒼汰《そうた》は勉強会と称して乃愛《のあ》の部屋にお邪魔することになったのだが。

「――よしっ、クリア」

……始まって三十分もしないうちに、乃愛《のあ》はテレビゲームに手を出していた。

無防備に蒼汰《そうた》の隣で寝転がりながらコントローラーを手に持ち、両足をぱたつかせている。

「あのなぁ、まずは問題集をクリアしてくれよ。せめて一項目、五ページくらいはさ」

「ちゃんと十五分はやった。人間の集中力の限界ぶんは勉強したんだから、しっかり息抜きをする必要があるはず」

「じゃあ、そのゲームも十五分が限界なわけだな」

「フッ、ゲームは別腹に決まってる。その気になれば何時間だってやれ――あいたっ⁉　なにするの蒼汰《そうた》！」

「悪い、ちょっとムカついたから」

丸っこいお尻がプリプリと小生意気に動いていたので、思わずぺちんとはたいてしまったのだ。軽くムカついたのも事実だが。

「えっち、スケベ。お尻が割れたらどうするつもり？」

「ベタなツッコミはしないからな。それより勉強を再開しようぜ、乃愛《のあ》はやればできる子なんだからさ」

「そんな幼児向けの言葉でやる気が出るはずもない。もっと大人向けのやつを所望する」

「なら年相応の自立性を見せてほしいもんだな〜」

「んー、考えておく」

じつのところ、乃愛《のあ》はなんだかんだで成績が悪くない。……というより、やる気さえ出せば高得点を取れるんじゃないかと蒼汰《そうた》が思うほどである。ただし、国語──特に現代文だけはどうしても苦手な傾向にあり、今回の問題集の結果も散々だった。

このまま無理やりやらせてもいい結果に結びつかないと感じた蒼汰《そうた》は、ひとまず昼に話したイベントの件を振ることにする。

「イベントといえば、そっち方面のやつには興味ないのか？」

「そっち方面って？」

乃愛《のあ》は画面から目を離さずに尋ねてくる。

「だから、今やってる対戦ゲーム──デモンブレイダーとか、そういうのに関するイベントだよ。男女の仲が深まるかはわからないけど、楽しめるイベントって意味では同じだろ？」

「……ふむ。ちなみに今やっていたのは、『デモンブラスト』。少し前に発売したデモンブレイダーシリーズの派生型対戦アクションシューティングゲームで、魔剣から発する魔素を吹きつけて、自身の侵略領域を広げていくもの」

「へぇ、なんかいろいろ取り入れて頑張ってるんだな」

「パクリみたいに言わないで。そこはナイーブなところだから」

「はいはい、悪かったよ」

乃愛《のあ》はコントローラーを置いて、一度思案する。

それから数瞬ののち、蒼汰《そうた》の方へと視線を向けてきた。

「……なるほど、蒼汰《そうた》の提案には一理あるかもしれない。これまで二次コンテンツは一人で完結するものだとばかり考えていたけれど、多人数イベントには事欠かないはず」

「お、おう」

「私としたことが、つい固定概念にとらわれていたみたい。さっそくリサーチするから決まり次第、伝達する」

「ああ。方針が定まったことだし、そろそろ勉強も再開だな」

「むぅ。仕方ない、やってやるか」

身体《からだ》を起こした乃愛《のあ》はシャーペンを握り、渋々といった様子で問題集を開く。

「ったく、どこ目線の発言なんだか……」

「ねぇ蒼汰《そうた》、ここの『心情にあてはまるものを選べ』って問題が難しい」

「現代文の場合は、だいたいが問題文の中に答えがあるものだぞ。パッと見で俺に聞くより、問題文を読み込む方がよっぽど有益だ」

「知らない。興味ないし」

「それを言っちゃ、おしまいなんだけどな」

「だってこの登場人物、自分のことを猫とか言ってるし。意味わかんない」

有名な文学作品も、乃愛《のあ》にとっては興味の対象にならないらしい。こうもばっさり切り捨てられると、それはそれで返答に困るわけで。

「べつに意味はわからなくていいんだよ、趣味で読んでいるわけじゃないんだし。ただ、感情移入しろとまでは言わないけど、文中の意味に寄りそうくらいはするべきだと思うぞ。言葉や文章の意味や繋《つな》がりを考えれば、おのずと答えは導き出せるというか」

「さすがはやっちゃんよりも成績が良《い》いだけある。言っていることがかなりインテリっぽい」

「それって俺だけじゃなくて、くらっしーのことも馬鹿にしてるよな……？」

「ニャ〜」

「唐突に猫のモノマネをしてごまかすなよ」

可愛《かわい》すぎて一瞬撫《な》でてしまいそうになったのは内緒だ。

「わからないから、いっそのこと野良猫《のらねこ》の気持ちに感情移入してみようと思って」

「いや、作中の猫に感情移入しないと意味ないだろ。実際の猫なんて、なにを考えているかわからないんだし」

「それは人間も同じ。今だって私は、蒼汰《そうた》がなにを考えているかわからないし」

こんなことを乃愛《のあ》が真面目に言うものだから、蒼汰《そうた》は面食らってしまう。

「今度は哲学的な話か？　ただまあ、現代文って突き詰めていくと逆によくわからなくなるよな」

「ニャ〜、ニャ〜」

乃愛《のあ》が猫撫《ねこな》で声《ごえ》を出して、甘えるようにじゃれついてくる。

じつのところは勉強に飽きているだけというのはわかるのだが、どうにも相手をしてやりたくなってしまう。

「そういえば、乃愛《のあ》って割と猫が好きだよな」

「うん。あの生き方には純粋に憧れる」

「そんな理由だったのかよ。予想の斜め上だぞ」

「単純にビジュアルも可愛《かわい》くて好みだけど」

ちゃんと女の子らしい理由もあったことに、蒼汰《そうた》はなぜかホッとする。

そういえば、乃愛《のあ》が先ほどまでやっていたゲーム——デモンブレイダーシリーズでも、マスコットキャラのニャラム三世を一番気に入っていた。どうやら実物の猫以外も好きらしい。

ああいった対戦ゲームのイベントといえば、やはり公式大会が一般的なものだろうか。それなら乃愛《のあ》は以前にも参加したことがあるし、出場するなら応援に行くのもいいかもしれない。

などと蒼汰《そうた》が考えている間に、乃愛《のあ》はコントローラーに手を伸ばそうとしていて。

「おいこら、何をまたサボろうとしてる」

「ワガハイはニャンコである。集中力はもうない」

「適当なアレンジをしている暇があったら勉強するぞー。ほら、シャーペンを持つ！」

「んにゃあ～、イヤだにゃあ～っ」

猫語（？）が気に入ったらしい乃愛《のあ》の甘えをいなしつつ、蒼汰《そうた》はなんとか勉強を再開させる。

今日一日、乃愛《のあ》との勉強会を続ける中で、あと何度こういったやりとりを繰り返さねばならないのか。それを考えると、蒼汰《そうた》は気が滅入《めい》ってくるのだった。

◇

「つまりこの問題は、先ほどの式を使って置き換えることで――」

授業中。数学教師の声を耳に入れながら、蒼汰《そうた》はふと隣を見遣《みや》る。

「…………」

窓際《まどぎわ》に座る乃愛《のあ》は、何やら真剣な表情で俯《うつむ》いていた。さすがにテスト前ともなれば、乃愛《のあ》でも授業に集中するようだ。

それにしても、静かに座る乃愛《のあ》の姿は本当に可憐《かれん》である。

目を伏せ、凛《りん》とした表情。

蒼汰《そうた》の視線は自然と――その薄く形の良《い》い桜色の唇に向かう。

ごくり、と生唾を飲み込んだ。

（あの唇が、俺の頬に触れてきたんだもんな……でも未《いま》だに意識してるのは俺だけっぽいし）

連休明けのあの日、見るからに柔らかそうな乃愛《のあ》の唇が触れてきた感触は、今でも忘れられない。不意打ちのタイミングだったことを悔やむくらいだ。

でも先日の間接キスをしそうになったときもそうだが、乃愛《のあ》の方はあまり意識していないように思える。少なくとも、蒼汰《そうた》の目にはそう映っていた。

それがなんとも、蒼汰的《そうたてき》にはモヤモヤしてしまう。

（結局、あの『告白』がなんだったのかも、よくわからないままだしな……）

などと蒼汰《そうた》が考えながら見つめていたら、その唇が静かに開き――

「ふむ」

ぼそりと乃愛《のあ》が呟《つぶや》いた。

何が『ふむ』なのか気になって乃愛《のあ》の手元を見ると、机の下でスマホをいじっていた。どうやら授業の内容に集中していたわけじゃないらしい。

これはお説教をする必要があるかと思ったところで、

――ブーッ。

蒼汰《そうた》のスマホが振動したので確認すると、授業中にしては珍しく、やちよからメッセが送られてきていた。

『前を見て』

言われた通りに視線を向けると、にこやかな笑顔の数学教師とばっちり目が合った。

「瀬高《せだか》ー、今言ったところを答えてもらえるか？」

「……えっと、すみません。聞いていませんでした」

「正直でよろしい。クラスメイトと仲が良《い》いのも結構だが、授業はちゃんと聞くんだぞー。ここ、テストに出るからなー」

「はい……」

蒼汰《そうた》は申し訳なさと恥ずかしさから消えてしまいたくなる。

やちよの方に感謝の意を込めて手を合わせると、やれやれと肩をすくめられてしまった。

ふと隣を見遣《みや》ると、乃愛《のあ》は『なにがあったの？』とばかりにきょとんとした顔で見つめてきていた。


「はぁ、やっちまった……」

放課後の帰り道、蒼汰《そうた》は授業中の失態を悔やんでいた。

隣を歩く乃愛《のあ》は、コンビニで買った吸うタイプのアイスを片手に上機嫌な様子だ。

「蒼汰《そうた》がお説教をされるのは珍しい。今日は珍しいものを見られた」

「ほっぺた、つねってもいいか？」

「ダメ。伸びちゃうから」

確かに伸びちゃいそうなほど柔らかそうだが、今はそれよりも気になることがある。

「それよりも乃愛《のあ》、今日はまた授業中にずっとスマホをいじってただろ？」

「必要なことだったから。それに、蒼汰《そうた》みたいに怒られていないからセーフ」

「いや、多分だけど先生も気づいていたと思うぞ？　言っても聞かないからスルーをされていただけで」

「そんなまさか。ちゃんとカモフラージュ用に教科書も立てかけていたのに」

「ちなみにそれ、結構な頻度で逆さまになっているからな？　今まで言ってなかったけど」

「えっ、それはさすがに気づいた時点で言ってほしかった……」

露骨に狼狽《うろた》える乃愛《のあ》。本当にしっかりとカモフラージュをしていたつもりだったらしい。

「これを機に、今後はちゃんと授業を聞くんだな。俺もだけど」

「まあ気が向いたら」

「その反応だと、明日になったらまた忘れてそうだな……」

ため息をつく蒼汰《そうた》をよそに、乃愛《のあ》はもうすっかり切り替えた様子で口を開く。

「ところで、昨日の話をトモダチにも相談してみたんだけど」

「ん？　昨日の話って？」

「だから、イベントの話」

「あ～、そんな話もあったな」

蒼汰《そうた》は昨夜もみっちりとテスト勉強に励んだため、頭の中からイベントの件はすっかり抜け落ちていた。けれど乃愛《のあ》は、ずっとイベントのことを考え続けていたらしい。

「なんでも来週末、都内でコスプレイベントがあるみたいなの。それにトモダチが興味を持っていて」

「コスプレイベント？」

あまり聞き慣れない単語が飛び出したことに、蒼汰《そうた》は少々動揺してしまう。

しかし、乃愛《のあ》は構わずに続ける。

「そう。コスプレイヤーたちが街中を闊歩《かっぽ》し、写真を撮り合ったりするらしい」

「へぇ、今はそういうのが流行《はや》っているのか」

当初の蒼汰《そうた》が想像したサブカル関連のイベントといえば、対戦形式の大会だとか、新作タイトルが集まる博覧会のようなものだったが、乃愛《のあ》が目を付けたのはもう少しアグレッシブな参加型企画のようだ。

ここまで聞いたところで、蒼汰《そうた》の中に嫌な予感が生まれる。

「って、待て。まさか、それに俺たちで参加するつもりか？」

これまでの流れでいけば、蒼汰《そうた》と乃愛《のあ》がそのコスプレイベントとやらに参加することになる。

つまりは、蒼汰《そうた》たちもコスプレ衣装を着るということだ。

自分の容姿が衣装映えするとはとても思えない蒼汰《そうた》は、なるべく遠慮したい気持ちだった。

そんな蒼汰《そうた》の懸念《けねん》を知ってか知らずか、乃愛《のあ》はしたり顔で首を左右に振ってみせる。

「そう単純な話じゃない。今回は趣旨を変えようと思っているの」

「はあ……？」

なぜかやけに張り切って見える乃愛《のあ》。

やたらとテンションが高めなのも気になるところだ。

「まずコスプレの魅力をざっと説明すると、普段の自分とは違う存在に変われる点にある」

「ほう」

「ゆえに、このコスプレを活用すれば、トモダチも蒼汰《そうた》に会えるかもと言っていた」

「ほう。……って、え？」

思わず足を止める蒼汰《そうた》に構わず、乃愛《のあ》はすたすたと先を歩いていく。

「ちょ、ちょっと待てよ。今、トモダチが俺に会うって言ったのか？」

「そう」

「いや、でも、え？　いきなりどうして、そんなことに……」

理屈としてはわかる。コスプレ姿であれば、やる恰好《かっこう》にもよるが、普段よりかはパーソナルな部分がわかりづらくなるからだと。

だが、やっぱり対面することには変わりないわけで。

そのことに困惑する蒼汰《そうた》を見て、乃愛《のあ》は不思議そうに小首を傾《かし》げる。

「蒼汰《そうた》は嬉《うれ》しくないの？　自分のことを好きな相手と会えるのが。前まで蒼汰《そうた》は、トモダチがどんな人物か知りたがっていたはず」

「嬉《うれ》しいとか以前に、困惑するというかだな……」

「じゃあ、イヤ？」

「イヤとか、そういうわけじゃないけど……」

「そう」

煮え切らない態度の蒼汰《そうた》を見ても、乃愛《のあ》は相変わらず淡々とした調子のままだ。じめじめと蒸し暑い初夏の夕暮れ時も、乃愛《のあ》の周りだけは空気が冷えきっているような錯覚を起こすくらいで、その横顔はどこまでも涼しげだった。

対する蒼汰《そうた》は照りつける日差しのせいか、全身が汗だくになっていた。

どうしてこのタイミングで？　等々、頭に浮かぶ疑問は尽きない。

やはり『トモダチ』は、乃愛《のあ》本人とは別で存在しているということだろうか。それに、未《いま》だに乃愛《のあ》はトモダチと蒼汰《そうた》をくっつけたいと本心から思っていることになる。

久々に複雑な状況だったことを実感させられた気がして、蒼汰《そうた》の中にはここ数日なかった焦燥感が生まれていた。

ただまあ、その辺りを悩むのはあとでいい。

——トモダチと会える。

実際にその存在を確認してから後のことは考えればいい、と蒼汰《そうた》は気持ちを落ち着けた。

「まあ、用件はわかったよ。つまりは俺たちだけじゃなくて、そのトモダチとやらもイベントに参加するわけだな？」

「ううん、私は参加しない」

「へ？」

「当日は蒼汰《そうた》とトモダチの二人きりを予定している。詳細は決まったら報告するし、蒼汰《そうた》の着る衣装もこちらが指定・手配するから安心してほしい」

「いや、ちょっと待て」

「待たない。準備期間は限られているし、協力は随時頼むことになると思うからよろしく」

そう言って、乃愛《のあ》は再び歩き出す。

コスプレイベントに乃愛《のあ》が参加できない理由は、いくつか想定することができる。同じ場所に『同一の人物』が同時に存在することはできない、などが主なものだ。

頑固な乃愛《のあ》のことだ。おそらく今そこを追及しても、白を切られるだけだろう。

これはどうやら蒼汰《そうた》も覚悟を決める必要があるようで——と、そこである問題に気づく。

「って、おい。来週といえば、テストの期間と丸被《かぶ》りするじゃないか。そういうイベントって事前の準備は結構大変なんじゃないか？　どうするつもりだ？」

「大きな成果を得るには、時として尊い犠牲を必要とすることもある」

「小難しい言い方でごまかそうとするなよ⁉　これで全教科赤点とかなったら洒落《しゃれ》にならないからな⁉」

「…………」

「いやマジで！」

◆　◆　◆

翌日の昼休み。

乃愛《のあ》は一人、下級生の教室を訪れていた。

ちらりと乃愛《のあ》が室内を覗《のぞ》き込んだだけで、中にいた下級生たちが一気にざわつく。

それもそのはずで、乃愛《のあ》は校内の有名人だ。主にその飛び抜けた容姿と、加えてなかなかの変わり者という評判によってだが。

数多《あまた》の一年生たちと同様に、お目当ての人物までもが驚いている。これはこれで、乃愛《のあ》としてはなかなかに良《い》い気分だった。

「ちょっとちょっと、なんなんですかいきなり。もしや、カチコミですか？」

お目当ての人物――茜《あかね》が廊下に出てくるなり、怪訝《けげん》そうな顔で声をかけてくる。

「まあ、似たようなもの」

「なんですか、やりますか？　やるんですね？」

どうしてだか拳を握り込み、慣れないファイティングポーズを取る茜《あかね》。こういうノリは乃愛《のあ》も嫌いじゃない。

「落ち着いて。雑魚《ざこ》と直接やり合う気はないから」

「なに強キャラぶってるんですか。あたし知ってますからね、さっき教室を覗《のぞ》き込んだときにちょっとキョドっていたこと」

「べ、べつに、キョドってなんかない」

「……まあいいです。ひとまず臨戦態勢は解きましょう」

茜《あかね》は拳を下ろして、代わりにジト目を向けてくる。

「で、一体なにを企《たくら》んでいるんですか？」

「人聞きが悪い。私はただ、協力を申し込みにきただけ」

「協力？　あたしにもなにかメリットがあるってことですか？」

「ない」

「ぶっ飛ばしてもいいですか？」

ムッとした茜《あかね》が頬を膨らませて、不満を露《あら》わにする。

それにしても、蒼汰《そうた》がいないときの茜《あかね》はやたらと荒々しい気がする。というより、陽キャ特有のフランクさがあるというか。

はっきり言って、乃愛《のあ》は少し気圧《けお》されていた。ゆえに、

「少し落ち着いて。雑魚《ざこ》と言ったことは撤回するから」

「はあ……？　元々落ち着いていますけど」

「それに私は、茜《あかね》のとある秘密を握っている。今は大人しく従った方が賢明」

「秘密、ですか。脅しのつもりかもしれませんが、なんのことだかさっぱりですね」

言葉とは裏腹に、心なしか茜《あかね》の表情が硬くなった気がする。

「じぃーっ」

「ま、まあ、とりあえず場所を変えますか」

「賛成。……あと、もうちょっといつもみたいに優しくしてほしいかも」

「じつはビビリですよね、藤白《ふじしろ》センパイって」

というわけで、場所を移して。

なぜだか二人は第二理科室に来ていた。

「あのー、一緒にお昼を食べるのかと思って、わざわざお弁当まで持ってきたんですけど？」

茜《あかね》が不満そうなのも無理はない。ここは薬品臭がするし、昼食をとるには不適切な場所だからだ。

「大丈夫、私もまだ食べていない」

「そういう問題じゃなくて、ここだと食欲が出ないっていうか。だいたい、どうやってこんな場所の鍵を借りたんですか？」

「忘れ物を取りに行きたい、という理由を教師に告げたら普通に借りられた。案外チョロいセキュリティだった」

「だったらその忘れ物とやらを早く取って出ましょうよー」

「忘れ物があるというのは嘘《うそ》。今の話の流れで気づいてほしい」

「うわ～、明らかにワケアリ案件だなぁ、これ」

なんとなく一筋縄ではいかないことを察したらしく、茜《あかね》は面倒そうにため息をつく。

それにも構わず、乃愛《のあ》は席につくなり弁当箱を開けた。

「茜《あかね》も向かいに座って。時間がないから、事情はお昼を食べながら説明する」

「うげぇ、やっぱりここで食べる気なんだ。仕方ないですねぇ」

茜《あかね》も渋々向かいに座って、購買で買ったらしいチョココロネを食べ始める。

「ちなみに、この学校の購買名物はメロンパン。チョココロネはどちらかというと、外れの部類に入る」

「そういうことは食べている最中の人に言わないでくださーい。それくらいあたしだって知っていますよ。でもメロンパンは売り切れだったんで」

「行くのが遅いとそうなる」

「あれれー？　珍しく雑談が多いですね。もしかして、緊張しています？」

「……してない」

そうは言いつつも、乃愛《のあ》はとてつもなく緊張していた。

というのも、乃愛《のあ》がまともに茜《あかね》と二人きりになったのはこれが初。しかも以前、彼女が蒼汰《そうた》に告白する場面を見てしまったという経緯もある。

加えて、これから話す内容が内容だ。普段は他人に頼み事などしない乃愛《のあ》だが、今回ばかりは急を要する。断られるかもしれないという思いと同時に、申し訳なさもあった。

「べつにあたし相手なので緊張とかしなくていいですよ？――あたしの秘密とか言って、ほんとは何もないんですよね？　大丈夫です、女子同士でしか話せないことがあるのもわかりますし」

「だ、だから、緊張なんかしてないって言ってる。余計なお世話」

「ほんと甘え上手というか、強情というか、偏屈っていうか、いろいろ面白い人ですね」

「ほとんど悪口を言われているような気がする。茜《あかね》のくせに生意気」

「お、調子が戻ってきましたね？　じゃあそのまま、用件とやらを話してください」

さすがは陽キャというべきか、話の引き出し方が上手《うま》い。

上手《うま》く乗せられていることを自覚しながらも、乃愛《のあ》は意を決して口を開く。

「じつは……私に、メイクを教えてほしいの」

「はあ……？　そんなことなら全然いいですけど」

あっけらかんとした様子で茜《あかね》が即答すると、乃愛《のあ》はパァッと顔を華やがせる。

「ほんと？」

「はい。いつもメイクポーチは持ち歩いているんで、なんなら今からでも。――ってそっか、水道がある理科室を選んだのはそういうわけですか。べつに、水場であることは必須じゃないですけどね」

「私的に、食事とメイクを両立できる場所はここぐらいしか候補がなかった。それにこれは茜《あかね》の秘密にも関わることだから、機密性は保持するべき」

「えっ、あたしの秘密ってメイクに関することなんですか？」

メイクポーチを取り出そうとしていた茜《あかね》は、困惑した様子で動きを止める。

明らかに茜《あかね》の様子が変わったというか、額に冷や汗まで浮かべている。どことなく顔色も悪くなり、乃愛《のあ》は少し心配になった。

「その通り。といっても、これをネタに脅すつもりはないから安心してほしい。ただ、茜《あかね》に人選を決めた理由の一つってだけだから」

「へ、へぇ～、そうなんですね。でも秘密とか言っちゃって、あたし全然なんのことかわかんないな～」

「これを見てほしい」

乃愛《のあ》が差し出したスマホの画面には、水色の髪をした派手な女性の姿が映っていた。髪色だけじゃない、服装までもが中世風のドレスを着用していて——容姿が二次元的な、いわゆる『コスプレイヤー』というやつだった。

「…………」

それを見た茜《あかね》は驚きに目を見開く。

「これ、茜《あかね》でしょ？」

「さ、さぁ、なんのことやら」

「ごまかそうとしても無駄。こういうのを見抜く目は持ち合わせているつもり。すごいメイク技術だとは思うけど、私からすれば一目瞭然だった」

乃愛《のあ》が諭すように言うと、茜《あかね》は観念した様子でため息をつく。

「マジかー、結構自信あったんだけどなぁ、あたしのコス。というか、本名とか出していないのによくわかりましたね」

「見つけたのは偶然。私のやりたいジャンルのコスプレ画像を漁《あさ》っていた過程で見かけて、茜《あかね》だって気づいたの」

「はあ……？　でもやっぱり、この画像でバレるとは思えないんだけどなぁ」

画像の茜《あかね》が扮《ふん》しているのは、デモンブレイダーシリーズに登場する水色の髪が特徴的な美女悪魔・リリス。確かにすごい完成度で、普段の茜《あかね》と同一人物だと気づく者は少ないだろう。

ゆえに、乃愛《のあ》はフォローを入れるように言う。

「大丈夫、常人の目からは茜《あかね》とこのアカウントの女性が同一人物だとはわからないはず。でもアカウント名が『アカちゃん』なのは、ちょっと本名と近すぎるからやめた方がいいと思う。フォロワー数も多いんだし、有名人だからなおさら危険」

茜《あかね》のアカウント名『アカちゃん』には、数千単位のフォロワーが付いていた。これは一般的な高校生の基準で考えれば、十分に有名人と呼べるレベルである。

「それがわかる藤白《ふじしろ》センパイって一体……。でもセンパイって、意外とSNS方面に詳しいんですね。まあ、アカウント名については中学時代になんとなく付けただけなんで、自分でも本名に近いのはよくないかなぁって思ってましたけど」

などと言いながら、どこか安堵《あんど》した様子で笑う茜《あかね》。

その様子に、乃愛《のあ》は引っかかりを覚えた。

「もしかして、コスプレはべつに秘密ってわけじゃなかった？」

「いえ、あたしの知り合いは誰も知らないはずですし、そういう意味では秘密の趣味ですね。でもまあ、とくべつ隠しているつもりもなかったですけど」

「そう……。なら、他に重要な秘密があるの？」

乃愛《のあ》がそう尋ねると、茜《あかね》はバツが悪そうに顔を背ける。

「いえ、特には」

「怪しい。気になるから話して」

「あっても話すわけがないじゃないですか。簡単に話していたら、秘密の意味がなくなります し」

「それは一理ある」

「ほらほら、もう本題に戻りましょ」

「なんか安心してる」

「してないですって！　──それより、藤白《ふじしろ》センパイはつまり『コスプレ用のメイク』を教えてほしいってことですよね？」

茜《あかね》が本題に切り込むと、乃愛《のあ》は深く頷《うなず》いてみせる。

「その通り。それもとっておきの、まさに『別人』に生まれ変わるレベルのやつを伝授してほしい」

「なるほど。自分で出来るようになるには割と大変だと思いますけど、投げ出さない覚悟はあるんですね？」

「もちろん。でも、猶予はない」

「はい？」

「期限は約一週間。それまでにメイク技術の習得と、衣装の準備をする必要がある」

「は？」

「来週末、コスプレイベントが始まるの。そこに合わせるつもりだから」

「いや、来週って中間テストがあるじゃないですか」

「だから？」

「やば、この人完全にスルーするつもりだ……！」

「無理は承知の上。でも……よろしくお願いします」

頭を下げる乃愛《のあ》。

その光景に茜《あかね》は驚いてから、呆《あき》れたようにため息をついた。

「な～るほど、藤白《ふじしろ》センパイがカチコミにきた理由がよくわかりました。ちなみにですけど、それって蒼汰《そうた》センパイ関連ですか？」

「まあ、そんなとこ」

「ふーん、隠さないところはポイント高いですね」

とはいえ、さすがに全部は話せない。

なぜなら今回の件、乃愛《のあ》の目的は『コスプレ姿ならトモダチを理由にしてイチャつきやすいし、あわよくばまたほっぺにキスができるかも⁉』といった邪《よこしま》な気持ち百パーセントのものだからだ。

（できれば、今度は蒼汰《そうた》の方からもしてほしかったり……なんて、えへへ）

考えるだけでニヤつきそうになるが、目的のために必死に堪える。

「急に締まりのない顔をしてどうしたんですか」

「いや、なんでもない」

「はあ。それで、これってあたしになんのメリットがあるんですか？」

「だからさっき、なにもないって言った」

「いや、もうちょっと交換条件とかあるでしょうよ……」

「んー、じゃあゴリゴリ君を奢《おご》る」

「やっぱあたしのことバカにしてますよね⁉」

両耳を塞いで迷惑そうにする乃愛《のあ》。

その小動物のような仕草を見て、茜《あかね》は呆《あき》れたようにため息をつく。

「まあ、あなたはそういう人でしたね。蒼汰《そうた》センパイ以外のことは基本的に眼中にないっていうか」

「ん？」

「蒼汰《そうた》センパイが直接絡《から》んでいるときにはあたしのことを気にしたりもしますけど、今みたいに二人きりの状況だと、あたしへの配慮とかが欠けまくりなのがその証拠です」

「ん？」

「いや、耳を塞いでいるから聞こえないんですよ……」

茜《あかね》が両耳をジェスチェーで指し示すと、ハッとした乃愛《のあ》は手を外す。

「なんかよくわからないけど、ごめん」

「いや、いいんです。それくらいじゃないと、あたしも張り合いがありませんから。――ってことで、わかりました。協力してあげます」

「ほんと？」

「ただし」

興奮して身を乗り出した乃愛《のあ》の鼻頭に、茜《あかね》の指が突き立てられる。

「これはあくまであたし自身のためです。そこを勘違いしないこと。今の状況が変われば、あたしにとっても良い風が吹くかもしれませんからね」

「………」

遠回しな宣戦布告を受けて、乃愛《のあ》はムッとしてみせる。

その顔を見られただけでも満足だとばかりに、茜《あかね》はメイクポーチの中身を広げ始める。

「それじゃ、まずは元のメイクを落としましょうか」

「待って。まずは茜《あかね》が自分でやるところを見てみたい。私は見て学ぶ方が得意だと思うから」

「そうですか？　でもそれなら、動画とかを見るだけでもいいんじゃないですか？」

「そういうメイクアップ動画は見栄《みば》えがいいように、細かくて地味な部分はショートカットされているものばかりだった。そこを我流に落とし込もうとして、私は何度も失敗した」

ゆえに、茜《あかね》に頼み込むことに決めたのだ。

プロ並みの技術は一朝一夕に身に付くものではないが、それを無理やり叩《たた》き込むには経験者の力を借りるべきだと乃愛《のあ》は判断したのだった。

「へぇ、自分でも結構頑張ったんですね」

「まあそれなりに」

「でも、あたしのすっぴんを見せるのはやだなぁ……」

「はやくはやくー」

「ああもうっ、ほんとに自分勝手な人ですね⁉ これですっぴんを見て『顔が薄い』とか『意外に地味』とか言ったらさすがにキレますからね⁉」

もうキレてる、とはさすがの乃愛《のあ》も言えない剣幕だった。

そうして茜《あかね》はメイク落としシートを使い——

「よし、と」

数分後、すっぴん面で不機嫌そうな茜《あかね》の姿があった。

「どうです、普段のあたしのメイク技術がいかにすごいか理解していただけました?」

「茜《あかね》は素材がいいから、メイクの技術にそれほど左右はされていそうにないけど」

「それ、褒められているのか嫌味を言われているのか、判断に困るところですね……」

乃愛《のあ》ほどの美少女が言えば、それは完全に嫌味となるわけだが、肝心の乃愛《のあ》自身に全く悪意がないことは茜《あかね》もわかっているので、反応に困っているようだ。

　そこで何やら引っかかりを覚えた乃愛《のあ》が、茜《あかね》の顔をジッと見つめる。

「……ん、あれ？」

「なんですか、今さらすっぴんの批判はなしですよ」

「ううん、そういうことじゃなくて。やっぱりというか、この顔には見覚えがある気がする」

「えっ」

　固まる茜《あかね》をよそに、乃愛《のあ》はぐっと顔を近づけていき、

「私たち、ずっと前にどこかで会ったことがない？　具体的には、茜《あかね》が入学してくるよりも前に」

「――ッ！　な、ないですよそんなのっ⁉　人違いですよきっと！」

　途端、明らかに狼狽《うろた》えた茜《あかね》が顔を覆い隠してしまう。

　対する乃愛《のあ》は、落ち着いた様子で記憶を思い起こす。

「ねぇ、茜《あかね》はどこの中学出身？」

「言わないです」

「もしかして、私たちと同じ――」

「言わないですってば！　それ以上追及してきたら、あたしは協力しませんからね⁉」

「うっ、わかった。ごめん」

　乃愛《のあ》の記憶では、たしか同じ中学に似たような顔をしていた女子生徒がいた。

ただ、その少女は今の茜《あかね》からは想像もつかないほど、なんというか、地味な印象があって。

これは地雷を踏んでしまったかもしれない、と乃愛《のあ》は気づく。

なのでひとまず、乃愛《のあ》もメイク落としシートを一枚手に取った。

「——よし、私もメイクを落とした。これで同族」

「全然同族じゃないです。そのぱっちり目が生まれつきとか、もう反則じゃないですか」

「茜《あかね》のすっぴん、私は好きだけど。でも、メイクしてる方が可愛《かわい》い」

「はぁ～あ……なんか藤白《ふじしろ》センパイと接していると、いろいろと悩んでいることがあほらしく思えてきますね」

「えっへん」

「いや褒めてないですから。……ったく、それじゃあ気を取り直して、本格的にやりますか」

「おー」

それから茜《あかね》のメイク講座が始まる。

化粧下地やベースメイクなど、乃愛《のあ》が驚く活用法ばかりであった。

「しんっじらんない！　下地使ったことないんですか⁉」

「そもそも持ってない。いちいち値段が高いし——あぐぅっ⁉」

ほっぺたを鷲摑《わしづか》みにされてしまい、乃愛《のあ》はタコ口のままばたついて抵抗する。

「にゃ、にゃにをしゅるの……」

「だいたいですねぇ、藤白《ふじしろ》センパイは普段から女子力磨きの方面について、全然努力が足りていないと思っていたところだったんですよ」

「それは関係ないと思うけど」

「ありますよ！　素材が良くて、蒼汰《そうた》センパイの幼馴染《おさななじみ》だからって甘やかされて。恋愛に対するスタンスみたいな、そういうのが全然なっていないっていうか！」

茜《あかね》からのダメ出し――『女子力講座』まで始まってしまい、乃愛《のあ》はメイクをされながらも頭が痛くなる思いだった。

「一応、勉強にはなる。――恋愛とか、よくわかんないけど」

すん、とその手の話題になるとおすまし顔を決める乃愛《のあ》に対し、茜《あかね》はイラッとしつつ言う。

「そのスタンスが気に食わないんですよ！　あたしなんて、好きな人に振り向いてもらうために、一度自分を全否定するところから入りましたからね！　それにいろいろ傾向調査というか、男性の好むものも研究し尽くしましたし、ここ数年は毎日自分磨きを欠かしたことはありません！」

「そ、そう、頑張ったんだね」

「まあだからって、必ずしも結果が出るわけじゃないんですけど……。いざ本番になると、頭の中が真っ白になったりもしますし……」

これは茜《あかね》が蒼汰《そうた》に告白した際のことを言っているのだろうか？　わざとではないとはいえ、

乃愛《のあ》も目撃してしまっているので、反応に困ってしまう。

（私が見てしまったことは言うべき……？　でも、また茜《あかね》が発狂したら困るし）

言わずとも、茜《あかね》が蒼汰《そうた》に気があるのはわかりきっていることだし、きっと茜《あかね》も乃愛《のあ》の好意には気づいている。だからこそ、あえて互いが深くは踏み込まない部分でもあるわけだが。

「……その、私も頑張る。茜《あかね》を見習って、とりあえずは女子力磨きから」

「はい、頑張ってください。それからコスイベの当日まで時間がなさすぎるんで、これからの昼休みは毎日付き合ってくださいね？　できれば放課後も」

「もちろん、そのつもり。でも放課後は衣装作りがメイン。ついでに衣装作りのノウハウも教えてほしいから、『アカちゃん』さんにもぜひ協力を頼みたい」

「うっわ、この人一回頼ることを覚えたらとことん使い潰すタイプだ……」

「感謝はしてる」

「軽いなー、このポンコツ美少女」

苦笑する茜《あかね》を前にしても、乃愛《のあ》が揺らぐことはないようで。

「さっき茜《あかね》の健気《けなげ》な話を聞けたから、多少の悪口も可愛《かわい》く思えてくる」

「やっぱ一発殴っていいですか⁉」

「暴力反対。……ふふ、ごめんね。怒らないで？」

乃愛《のあ》が楽しげに微笑《ほほえ》んだことで、茜《あかね》は毒気を抜かれてしまう。

「笑顔やば――こほん。仕方がないですねぇ、それじゃあどんどん進めていきますか！」

「うん、よろしく。――がんばるぞーっ」

「やけに気合いが入ってますね……？　その原動力がなんなのかは気になるところですけど」

「茜《あかね》は気にしなくていい。乙女のトップシークレットだから」

「はいはい」

呆《あき》れ顔《がお》の茜《あかね》をよそに、乃愛《のあ》は再び気合いを入れ直す。

（これも、蒼汰《そうた》からほっぺにキスをしてもらうために――！）

乃愛《のあ》の心中はもう邪念でいっぱいだが、それでもやる気に満《み》ち溢《あふ》れているのだった――。

第二章　【サボリ】一緒に勉強しよ？

「失礼しましたー……」

はぁ、と蒼汰《そうた》は職員室を出るなりため息をつく。

というのも、蒼汰《そうた》は昼休みになるなり担任から呼び出しを受けたのだ。理由は蒼汰《そうた》本人のことではなく、乃愛《のあ》の成績についてである。

四月にやった学力テスト、それに連休明けにあった小テスト、そのどちらも乃愛《のあ》は惨憺《さんたん》たる結果だったようで、教師陣は乃愛《のあ》の中間テストの成績を危惧しているとのことだった。

仮にも入学試験を首席合格した生徒——乃愛《のあ》が、進級して最初の定期テストで赤点まみれというのは、学校側としても避けたい事案なのはわかる。

ではなぜ乃愛《のあ》本人ではなく、蒼汰《そうた》が呼び出されたのか。

実は乃愛《のあ》本人とも対話の機会を設けたらしいが、のらりくらりと躱《かわ》されたらしい。よって、保護者同然のポジションにいる蒼汰《そうた》に説得役として、白羽の矢が立ったというわけだ。

「って、言われてもなぁ……」

おそらくだが、今の乃愛《のあ》の頭の中はコスイベのことでいっぱいだろう。

　こういうときこそ自分がしっかりしなければ、と蒼汰《そうた》は気持ちを引き締める。

　——ガラーッ。

　と、そこで職員室の戸が内側から開く。

　中から出てきたのは、やちよだった。バレーボール部の練習着姿なので、これから部活動なのかもしれない。紺を基調にしたスポーティなデザインの練習着は、快活な彼女に似合っていた。

「あれ、瀬高《せだか》じゃない。こんなところでどうしたの？」

「いや、ちょっとな……そっちはこれから昼練か？」

「んー、そのつもりだったんだけどね。鍵を借りようと思ってきたら、今日は体育館が使えないみたいでさ。わざわざ練習着に着替えてから来たのに、マジで失敗したわ」

「それはご愁傷様」

「ええ、どうも」

「「…………」」

　二人の間に、妙な沈黙が生まれる。

　蒼汰《そうた》とやちよは普段から気さくに話す間柄だが、じつは二人きりになる機会は少なかったりするので、こういう状況になると何を話せばいいのかわからなくなる。

「「あのさ——あ」」

同時に話し始めてしまい、互いにもっと気まずくなる。

「悪い、そっちからどうぞ」

「ええ、じゃあ……その、今日は藤白《ふじしろ》さんと一緒じゃないんだ？」

「まあな。なんか知らないけど、用事があるんだとさ」

「へぇ、フラれたわけね？」

「変な言い方すんなよ」

ニヤニヤと、いたずらっぽい笑みを浮かべるやちよ。

相変わらず、優等生には徹しきれていない辺りが彼女らしい。

「んじゃ、教室に戻るか。そっちは昼飯、まだなんだろ？」

「いや、じつは早弁しちゃってさ……。ほら、昼練するつもりだったから」

「あー、うちのクラス委員長様は本当に真面目だなー」

「うっざ……悪かったわね、どうせわたしは中途《ちゅうと》半端《はんぱ》な優等生ですよーだ」

むっとするやちよの態度が面白くて、つい蒼汰《そうた》は笑みを浮かべてしまう。

すると、なおさらやちよはむくれながらも、呆《あき》れるようにため息をついた。

「でもまあ、ちょうどいいや。あんたも暇なら、ちょっと付き合ってくれない？」

「え、乃愛《のあ》に見られたらまた変な誤解をされる気がするんだが」

「その『乃愛《のあ》』の話をするんだから、べつにいいでしょ。どうせ後々、ちゃんと忠告はするっもりだし」

その物言いで、用件の内容は蒼汰《そうた》にもピンときた。

ゆえに、苦笑しながら頷《うなず》いてみせる。

「そういうことなら、喜んで付き合わせてもらうよ。てか、なんか飲み物奢《おご》る」

「さんきゅー。わかってるじゃない」

というわけで、まずは二人して自販機コーナーに向かうのだった。


「――で、『藤白《ふじしろ》さんをなんとかしてください』って頼まれたのよ」

テラスのベンチにて。やちよと蒼汰《そうた》は並んで座っていたが、相変わらずの直射日光のせいか、周囲には騒がしい数人の男子生徒以外はいない状況だった。

そしてどうやら、やちよも先ほど職員室にて、担任から乃愛《のあ》の成績について相談されたらしい。内容は蒼汰《そうた》が聞いたものとおよそ同じようだ。

「やっぱりその件だったか……これについては申し訳ない」

「べつに、あんたが謝ることでもないんだけどね」

「その割に、なんかイラついてないか？」

やちよはオレンジジュースの紙パックに差したストローをちゅうっと吸ってから、苛立《いらだ》たしげに足を組んで言う。

「だってさ、ムカつくじゃない。担任だからって、なんでもかんでもクラス委員に頼まないでください、って言ってやりたかったわよ。ったく」

「言ってやればよかったじゃないか、わたしは内申のために委員長やってるだけですーって」

「あんたね……ならあんたも幼馴染《おさななじみ》に言ってやれば？　オレが好きなのはキミだけだーって」

「ハハハ」

「アハハ」

二人の間に流れる空気が不穏なものになってきたせいか、騒いでいた男子生徒たちが知らぬ間に退散している。

おかげでこの場は二人きりになった。

「さて、邪魔者どもは消えたわね。――本題に入るけど、あんたはあの子をどうするつもりなの？」

「どうするって、どうもしないよ。俺が伝えたいことは、前に伝えたばっかりだしな」

「でも明確に影響が出ているじゃない。あの子の成績、だいぶヤバそうなんでしょ？」

「うっ……まあな。どうしてこうなったんだか」

顔を歪《ゆが》める蒼汰《そうた》を見て、やちよは少し申し訳なさそうに言う。

「勘違いしないでほしいけど、べつにあんたを責めてるわけじゃないんだからね」

「ああ、わかってるよ」

「ただねー、さっきのはわたしの八つ当たりみたいなもんよ。ちょっとばかし、わたしがあの子をけしかけたみたいなところがあったから」

「え、そうか？」

「ほら、わたしがあんたのことを好きとかなんとか」

きっと乃愛《のあ》から蒼汰《そうた》のトモダチが、やちよだと疑われた件を言っているのだろう。

蒼汰《そうた》からすれば、物事の非は完全にこちら側にあるだけなので、むしろそう言われて驚いてしまうわけだが。

「……そういえば、くらっしーにその練習着ってすごく似合ってるよな。バレーが超上手そうに見えるっていうかさ」

「褒めるの下手か！　ていうか、いきなりどうした？」

「少しは巻き込んだことへの罪滅ぼしをするべきかと思いまして」

「はぁ……いらないから、そういうの。ていうか、あんたに褒められると鳥肌が立つ」

自らの両腕をさすりながら、やちよは顔をしかめてみせる。

「寒いならワイシャツ貸すけど」

「いらんわ！　むしろ暑くて汗だくだっての！　──ったく、ボケなのか天然なのか、はっきりしてほしいわよ」

「今のはボケだろ、普通に考えて」

「いや、あんたじゃなくて相方のほうがね」

「あぁ……あれは天然だよ、純度百パーセントの」

「あんたは六十パーセントくらいよね」

「くらっしーの目からはそう見えているのか……」

これは割とショックな情報だった。

「まあとりあえず、あの子のテストについてはなんとかしなきゃよね。わたしの方からもそれとなく言ってみるつもりだけど」

「その件に関しては、俺に任せてくれ。元はといえば俺のせいでもあるんだろうし、ちゃんと勉強はさせてみせる」

といっても、すでになんとかしようとして苦戦している最中ではあったのだが。

この上、来週末のコスイベ用に準備をしていることまで知られたら、責任感の強いやちよは頭を抱えてしまうだろう。

なんとしても、それだけは阻止せねば……。

——ピロン♪

そのとき、スマホの着信音が鳴る。

蒼汰《そうた》のではない、やちよの方だ。

「ごめん、ちょっと確認する。——って、噂《うわさ》をすればなんとやらね」

「え、乃愛《のあ》なのか？」

「そ。なんかわたしに話したいことがあるんだってさ」

乃愛《のあ》からやちよにそんな申し出があるのは珍しい気がする。

妙な胸騒ぎを覚えるが、やちよは優しく微笑《ほほえ》んできた。

「そんな不安そうな顔をしなくても大丈夫だって、悪いようにはしないから」

「え、ああ……」

どうやら不安が顔に出てしまっていたらしい。ここはやちよを信頼するとして、

――ブーッ。

と、ここで蒼汰《そうた》のスマホが振動する。確認すると、乃愛《のあ》からメッセが届いていた。

『放課後は空けといて』

どうやらやちよだけではなく、蒼汰《そうた》も関係していることらしい。となると、やはりコスイベ関連のことだろう。

蒼汰《そうた》はやちよと顔を合わせ、二人して苦笑する。

お説教も含めて、ひとまずは放課後を待つことになりそうだった。

◇

放課後。

乃愛《のあ》の要求により蒼汰《そうた》、やちよ、それに茜《あかね》までもが集まることになった。

場所は校舎の一階端にある被服室だ。

ひとまず集まったところで、乃愛《のあ》はドヤ顔で口を開く。

「じつはコスイベ衣装用の作業工程を計算してみたところ、時間の猶予があまりないことに気づいたの」

「「「…………」」」

三人は特に返す言葉もない。

というのも、三人には授業中に乃愛《のあ》から怪文書——ならぬ説明書きが送られてきて、コスイベの衣装についての諸々が説明済みだからである。

ゆえに、やちよは呆《あき》れぎみに言う。

「そもそも、参加を延期するという手もあるんじゃない？　調べてみたけど、二ヶ月後にも同じイベントがあるみたいだし」

「それじゃダメ。思い立ったら吉日という言葉がある通り、目の前の好機を逃せば後悔することになるのは明白だから」

「本音は？」

「テスト期間だからこそ楽しいことがしたい。この期間中にやる他の作業はなぜか捗《はかど》る。あと単純に早く参加したいというのもある」

「はい撤収～」

「なぜ⁉　正直に答えたのに！」

踵《きびす》を返《かえ》そうとするやちよの袖を摑《つか》んで、乃愛《のあ》が縋《すが》るように引き留める。

「やっちゃん、今の私は猫の手でも借りたい気分なの」

「わたしは猫と同等ってこと？」

「フッ、猫以下に決まってる」

「帰るわ」

「待って待って！　嘘《うそ》だから、ちゃんと同等だからっ」

「結局は猫と同等なのね……」

そんな漫才じみたやりとりを二人がする間に、茜《あかね》は一つのテーブルを陣取り、ミシンや使用する布類、そのほか裁縫セットの準備を進めていた。

「あれ？　茜《あかね》ちゃんはやる気なんだな」

意外に思った蒼汰《そうた》が声をかけると、茜《あかね》は苦笑しつつも頷《うなず》く。

「まあ、今回ばかりは乗りかかった船ってやつです。あの人のやる気は伝わっていますし」

「悪いな、もうすぐテスト期間なのに乃愛《のあ》の思いつきに付き合わせて」

「いえいえ、蒼汰《そうた》センパイともお話しできますし、あたし的にはそれで大満足ですよ？」

なんとも可愛《かわい》いことを言ってくれる。つい頭を撫《な》でそうになったが、ぐっと堪えた。

と、良《い》い雰囲気を察した乃愛《のあ》がキッと睨《にら》みを利《き》かせてくる。

「そこ、いちいちイチャつかないで手を動かすこと」

「やっぱり一発くらい殴ってもいいですかね？」

「顔はやめてあげてくれ」

「蒼汰《そうた》もひどい！　私は暴力反対なのにっ」

どうやら乃愛《のあ》は浮かれているらしい。これからテスト期間に入るというのに、ここまで浮かれ気分の生徒もそうはいない。

ただまあ、蒼汰《そうた》としては悪い気分にはならないわけで。

乃愛《のあ》がゲームや漫画などの娯楽以外で、こうも何かに一生懸命に取り組もうとするのは珍しいことだからだ。

これもきっと、トモダチの話による心境の変化が関係しているのだろう。

（なんだかんだで、良《い》いこともいっぱい起こっているんだよな）

茜《あかね》ややちよとコミュニケーションを取る乃愛《のあ》を見て、蒼汰《そうた》はそれこそ親か兄のような気持ちで嬉《うれ》しくなっていた。

「ったく、しょうがないわねぇ」

そして、どうやらやちよも手伝ってくれることになったらしい。

「お、いいのか？　茜《あかね》ちゃんはともかく、くらっしーまで手伝ってくれるのは意外だぞ」

「いいのよ。テスト期間って部活もバイトも入れてないから、どうしても息抜きをしたくなっちゃうしね。それにわたしも思うところがあるって、あんたなら知ってるでしょ？」

昼休みに話したことを思い出す。やちよは彼女なりに責任を感じていると言っていたし、どこまでも律儀《りちぎ》な人である。

それに考えてみれば、やちよは生徒会に入っているわけでもないのに、困っている生徒がいれば放っておけずに手助けする性格だったことを思い出す。

「だな、くらっしーは良《い》い奴《やつ》だよ」

「いきなり何よ、気持ち悪いわね」

「はは、ひどい言われようだな」

「良《い》い奴《やつ》っていうか、わたしが手伝うことで藤白《ふじしろ》さんが勉強する余裕が生まれると思えば、メリットも多いってこと。ほら、クラスの平均点も上がるし」

「やっぱり良《い》い奴《やつ》——いや、良《い》い委員長じゃないか」

「はぁ、もう勝手に言ってなさいよ。——それと、そこの二人はすぐに関係を疑わない」

「じぃーっ」

気づけば、乃愛《のあ》と茜《あかね》が二人してジト目を送ってきていた。つい、昼間のノリで話してしまったことを蒼汰《そうた》は少し後悔する。

「くらっしーの言う通りだ。俺たちの仲を勘違いするなよ、べつに深い意味はないからな」

「そうそう、わたしとこいつはただのクラスメイトなんだから」

二人揃《そろ》って否定するが、やはり乃愛《のあ》のジト目は収まらない。

「わざわざ『ただのクラスメイト』なんて言う辺りが怪しい。それに二人で密会をしていた模様だし」

「ああ、俺たち二人は乃愛《のあ》の成績のことで、昼間に担任からいろいろ言われたんだよ」

「えっ」

「だから、帰りはその説教な？」

「……やっちゃんには私から頼っているわけだし、今回の密会に関しては不問にする」

「だから、どこ目線なんだよ……」

蒼汰《そうた》はやちよとツッコミを入れながらも、今さらなことに感心する。

何せ、この現状は乃愛《のあ》が自分から他者を頼っていることで出来ているのだから。そのことには素直に驚いていた。

（それだけ乃愛《のあ》も本気ってことなのか……？）

なにが乃愛《のあ》をそんなにやる気にさせるのか。いくらトモダチからの提案とはいえ、テスト期間を使ってまで取り組もうとするなんてよっぽどである。

と、そこで乃愛《のあ》がメジャーを片手に近づいてきた。

「蒼汰《そうた》、これからスリーサイズを計測するから、服を脱いで」

「ん、ああ。ワイシャツだけ脱げばいいよな？」

「全部。――あ、パンツだけは穿《は》いたままでいい」

「いやいやいや、ズボンは脱がないからな？　上はまあ、べつにいいけども」

言いながら、蒼汰《そうた》はさっそく上を脱ぐ。

その様子を乃愛《のあ》と茜《あかね》、それにやちよまでもが興味深そうに眺めていた。

「なんだよ。この状況でいきなり黙られると、変に緊張するんだが」

「あんたって、特に運動とかはやっていない割に、やたら引き締まった身体《からだ》付きをしているわよね。典型的な細マッチョというか」

「まあ、家で最低限の家事はやっているからかな」

やちよは「へぇ」と感心してみせ、茜《あかね》はなぜだか赤面したまま黙りこくっていた。

そんな二人を見た乃愛《のあ》は、むすっとした様子でメジャーを押し当ててくる。

「目に毒だから、さっさと計測を終わらせる」

「はいはい、よろしく頼むよ」

蒼汰《そうた》のスリーサイズを測り終えると、次に乃愛《のあ》が取り出したのは派手な白銀の衣服だった。

上着は胸元に板金の付いた軍服風、下はオーソドックスなパンツタイプである。蒼汰《そうた》の目から見れば、すでにそれは何かの衣装に思えた。

「やたらと派手だな……それはどうしたんだ？　まさか、この短期間で作ったとか？」

「ううん、これはネットショップでポチったやつ。該当する既製品はなかったから、これをアレンジする形で本物に寄せていくつもり」

「なるほどな。ところで、俺はまだどんなコスプレをするのか聞いていないんだけど」

と、そこでやちよと茜《あかね》の動きが止まる。

気になって視線を向けたものの、二人とも目を合わせてくれない。

この感じだと、どうやら二人は蒼汰《そうた》が何に扮《ふん》するのか聞かされているらしい。おそらく授業中のやりとりで、蒼汰《そうた》本人を除いて共有されていたのだろう。

嫌な予感がしつつも乃愛《のあ》の方を見ると、乃愛《のあ》が白銀の衣装を掲げながら言う。

「蒼汰《そうた》が着るのは、デモンブレイダーシリーズに登場する『聖騎士ブライト』のコス。今はそのための小物などを鋭意制作中」

「げ」

もしやと思ったが、やはりあの白銀の衣服は蒼汰《そうた》が着用する衣装の基となるものらしい。

聖騎士ブライトといえば、デモンブレイダーシリーズの初期からいる人気キャラクターで、邪悪な魔剣を正義の信念によって御している異色の騎士だ。思い返せば、確かにあんな感じの眩《まばゆ》い純白の衣服を着ていた気がする。

「蒼汰《そうた》が着用した際のイメージイラストも描き起こしてみた」

そう言って、乃愛《のあ》がスケッチブックを見せてくる。

そこには地味に上手《うま》いイラストによって、ブライト風の優男が描かれていた。

「これ、俺なのか……？　イケメンに描いてくれるのは嬉《うれ》しいけど、全然イメージが湧かないんだが」

「蒼汰《そうた》はブライトの戦闘モーションとか、キャラ台詞《ぜりふ》を覚えてほしい。最新作であるデモンブラストをプレイするもよし、動画サイトを参考にするのもオススメ」

「衣装を作る手伝いはしなくていいのか？　俺だって家庭科レベルのことはできるけど」

「その辺りは、私たち女性陣の仕事。たまに賑《にぎ》やかしで様子を見に来てくれればいい」

ドヤ顔でそう言ってから、乃愛《のあ》もミシン作業に移る。

乃愛《のあ》が今ミシンがけを始めたのは、女性用の衣装のようだ。ゴシック調のドレスで、見るからに禍々《まがまが》しい雰囲気を漂わせている。……あれはトモダチ用の衣装だろうか？　そこまで乃愛《のあ》が作っていることには少々違和感を覚えた。

そして衣装の異質さも新鮮だが、乃愛《のあ》と裁縫の組み合わせが意外にもしっくりくることに、蒼汰《そうた》は驚いていた。

「蒼汰《そうた》センパーイ、ちょっとちょっと」

　そこで茜《あかね》が手を動かしながら、蒼汰《そうた》に近くへ来るよう促してきた。

「どうかしたか？」

「いえ、少し雑談を。――藤白《ふじしろ》センパイって、じつは裁縫の才能もあるみたいなんですよ。あたしがちょっと教えたらすぐできるようになっちゃって」

「へぇ、そうなのか。というか、茜《あかね》ちゃんは裁縫が得意なんだな」

　手際《てぎわ》の良さを見ればすぐにわかる。この中では彼女が一番、裁縫関連が得意なようだ。

「まあ、人並みですけどね。あたしだって既製品をアレンジするやり方しかしたことないですし」

「え？」

「いえっ、なんでもありませーん」

　つまりは、茜《あかね》も普段からコスプレをしているということだろうか？

　茜《あかね》にコスプレのようなサブカル方面の趣味があるのは、蒼汰《そうた》としては意外だった。やっぱり露出度が高めの衣装を着るのだろうか。

「あ～、今あたしのえっちな姿を想像していましたね？」

「いや、その、茜《あかね》ちゃんもコスプレの経験があるのかと思っただけだよ」

「まあ隠すことでもないいんでべつにいいですけど、ちょっとだけ経験があるってだけですよ。」

ほんと、いろいろ試しているうちの一環だったというか」

「へぇ、結構いろいろな趣味があるんだな」

「趣味とは違って、メイク研究の一環というか——って、あたしなに話してるんだろ！　今のも忘れちゃってください！」

なぜか照れくさそうにする茜《あかね》。

その姿を見ながら、蒼汰《そうた》の中にはある疑念が浮かんでいた。

今回のイベントは、『トモダチ』からの提案をきっかけに始まった。そして茜《あかね》には、そのイベント内容であるコスプレの経験があるという。

つまりはやはり、茜《あかね》がトモダチ本人なのだろうか——と。

「蒼汰《そうた》センパイ？」

難しい顔で考え込んでいたからか、茜《あかね》が心配そうに見つめてきていた。

「いや、大丈夫。さっきのことはちゃんと忘れたよ」

「もぉう、そう言ってる時点で忘れてない気がするんですけどぉ〜」

茜《あかね》がニマニマしながら楽しそうに小突いてくる。

なんだかイチャついているみたいでこそばゆい気分になっていると、

「じぃーっ」

乃愛《のあ》がジト目を向けてきていた。ついでにやちよも『サボるな』とばかりに睨《にら》みを利《き》かせてくる。

蒼汰《そうた》がいるだけで皆の集中力が散漫になるようだったので、ひと声かけてから、蒼汰《そうた》は無人であろう自分の教室に移動することにした。

◇

「──《シャインブレイカー》！　──《ホーリーレイ》ッ！　──《ソードダンス》ッ！」

夕暮れ時の教室。そこに異様な『技名』を連呼する声が響き渡る。

というのも蒼汰《そうた》は聖騎士ブライトになりきるべく、一人で演技の特訓をしていたのだ。

ここで廊下を通った女子生徒たちが、「ふふ、なに今の」、「ウケる～」と笑っていた。

（ぐあああああっ……消えたい、消え去りたい……っ！　俺はなにをやっているんだ⁉）

こんなものは、めちゃくちゃ恥ずかしいに決まっている。今なんて顔から火が出そうな気分である。

ただ、やちよや茜《あかね》が勉強の時間を削ってまで、乃愛《のあ》の思いつきに協力してくれているのだ。

蒼汰《そうた》だけが勉強をするわけにはいかない。せめて放課後の作業が終わるまでは、蒼汰《そうた》も演技の特訓をしておこうと思ったのだ。

他に適した場所が思いつかなかったので教室にしたが、意外と他の生徒も通り過ぎるので、ここを選んだことを後悔しているところではあったが。

とはいえ、気持ちを切り替える。

乃愛《のあ》の話だと、当日は魔剣の模型を振るうことはできないが、そのぶん手をかざして技を放つフリをすることはできるらしいので、その辺りのイメージトレーニングも必要だと考えていた。

ふぅ、と深呼吸をして、精神を研ぎ澄ます。

そして、極めつきの一撃をいざ繰り出す――

「我が正義の鉄槌《てつつい》を受けよ――《ヘヴンズ・ソル・ブライト》ッ‼」

蒼汰《そうた》――否、ブライトが手をかざしながらそう叫ぶと同時に、目の前の全てが白き閃光《せんこう》により滅されたのだった……(※蒼汰《そうた》のイメージ)。

――ピコンッ。

そのとき、嫌な電子音が耳に届く。

振り返ると、入り口付近にはスマホを構えた茜《あかね》と、苦笑するやちよ、それに感心する乃愛《のあ》の姿があった。

「うっ、最悪だ……。いつから見てた?」

「蒼汰《そうた》が左手に魔素を収束させた辺りから」

「わたしもまあ、その辺りから」

「いや～、良《い》いものが見れましたぁ。ごちそうさまですぅ～」

「…………」

どうやら三人とも今日ぶんの作業を終えたようで、すでに帰り支度を済ませているようだった。

「ごほん、今見たことは忘れてくれ。それと、みんなおつかれさま」

「《ヘヴンズ・ソル・ブライト》には忘却効果があるから、蒼汰《そうた》の要求は至極真っ当なもの」

「技名の話じゃなくてだな……」

「平気ですって。なりきっている蒼汰《そうた》センパイ、すごくかっこよかったですから！」

「そういう問題じゃなくてだな⁉　……てか、茜《あかね》ちゃんはさっき撮った動画を消してくれよ」

「ほらほら、もう下校時間を過ぎそうだし、早く出るわよ」

呆《あき》れぎみのやちよに声をかけられ、蒼汰《そうた》も渋々帰り支度を始める。

「さっきの中なら、個人的にはシャインブレイカーが好み」

「えー、ソードダンスの方が躍動感あって映えてましたって！」

（いやほんと、マジでいつから見てたんだよ⁉）

帰りの間中、ずっと乃愛《のあ》と茜《あかね》は蒼汰《そうた》版《ばん》ブライトの話をしていて、穴があったら入りたい気分だった。

茜《あかね》とやちよとは途中で別れ、乃愛《のあ》と二人きりになった帰り道。

すっかり日は暮れ、河川敷《かせんじき》に差しかかったところで、乃愛《のあ》がこつんと肩をぶつけてくる。

「ん？　どうかしたか？」

「なんとなく」

「そうか」

なんとなく、スキンシップがしたかったというわけだ。

今日は衣装用の荷物でお互い両手が塞がっているので、肩をぶつけるくらいがちょうどいいのだろう。

最近は以前にも増して、こういったスキンシップを自然にするようになっているが、ふと意識すると気恥ずかしくなったりもする。

だからか、蒼汰《そうた》は気を紛らわす意味でも話を振ることにする。

「そういえば、昼休みはどこに行ってるんだ？　もしかして、茜《あかね》ちゃんと会ってるとか？」

「秘密。ただ、コスプレ関連とだけ言っておく」

「そうか。でもまさか、乃愛《のあ》が自分から誰かを頼るとは思わなかったよ」

「蒼汰《そうた》にはいつも頼ってる」

「いや、俺以外の相手をだよ。今日だって茜《あかね》ちゃんやくらっしーを呼んでいて驚いたしな」

「それを言ったら、この前ファミレスに集まったときにも茜《あかね》を呼んだ」

「あー、言われてみればそうか。乃愛的《のあてき》に、茜《あかね》ちゃんは気を許せる相手ってことなんだな？」

「ノーコメント。あまり女子にそういう質問はしない方がいい」

「それ、茜《あかね》ちゃんにも言われたな……」

連休前にした、茜《あかね》とのやりとりを思い起こす。

茜《あかね》は恥ずかしがりながらも『乃愛《のあ》が好きかどうか』という質問に答えてくれた。

でも乃愛《のあ》の場合は、そういった質問に答えるのは照れくさいからか、やはり答えてはくれないらしい。

そもそも茜《あかね》が『トモダチ』であるならば、乃愛《のあ》が安易な情報開示をしないというのも納得がいくわけだが。

「でもくらっしーまで呼んだのは意外だったな。一時期はくらっしーのこと、俺のトモダチかもって警戒していただろ？」

「それは今もバリバリ警戒している。やっちゃんの場合は目の届かないところで蒼汰《そうた》とイチャつかれるよりも、手の届く位置に置いておいた方がリスクは少ないから」

「さいですか……」

聞かなきゃよかった気がする。そんな理由だったなんて知りたくなかった。

「あとはまあ本人に言った通り、猫の手でも借りたい状況だったから。やっちゃんならなんだかんだ言って、お願いすれば聞いてくれそうだったし」

「あのな、そんなことばっかり言ってると、いつか痛い目を見ても文句は言えないぞ？」

「えっと、じゃあ……やっちゃんはとても気安くて優しい。心の中ではいつもやっちゃんに感謝している」

「ほんとにテキトーだな、乃愛《のあ》は」

そんな他愛のない話をしているうちに、いつもの分かれ道に到着する。

「……蒼汰《そうた》」

「ん？」

乃愛《のあ》がわざわざ向き直ってきたから、真《ま》っ直《す》ぐに見つめて言う。

「トモダチが言っていた、コスイベの当日を楽しみにしているって。つまり、あっちも蒼汰《そうた》に会う気が満々ってこと」

「そ、そうか」

コスイベ自体は乃愛《のあ》の思いつきだし、トモダチが途中で断る可能性も考えたりはしたが、どうやらその心配は杞憂《きゆう》だったらしい。

考えてみれば、トモダチの候補である茜《あかね》だって作業に協力しているのだ。その時点で、元々キャンセルの可能性は低いはずだった。

「蒼汰《そうた》は嬉《うれ》しい？」

「それなりに、かな。みんなの努力が無駄にならないことにはホッとしているというか」

「むぅ、微妙な反応」

「今はテスト期間だしなー、毎日それほど気は抜けないっていうか」

乃愛《のあ》が今、露骨に嫌そうな顔をしたのを蒼汰《そうた》は見逃さなかった。

「その辺り、トモダチはどうなんだ？　あちらが俺たちと同じ学校の生徒なのかどうかすらわかってないけどさ、乃愛《のあ》が今日作っていた衣装だって、トモダチ用のやつだろ。作業はこっち任せなら、その辺を気にしていいそうだけどな」

「大丈夫。その辺りは抜かりないから、蒼汰《そうた》が気にする必要はなし」

「そっか」

なんだか判然としない蒼汰《そうた》に対し、乃愛《のあ》はわざとらしく咳払《せきばら》いをする。

「ともかく、今は楽しいことだけを考えていればいい。トモダチも蒼汰《そうた》も、それに私だってエンジョイできているんだから。前向きが一番」

普段はだらけ気味な乃愛《のあ》の口から『前向きが一番』なんて言葉が出るのが、定期テストの近くになってからというのは複雑な気持ちになる。

（これでテスト勉強に取り組んでいるなら、文句はないんだけどなぁ……）

と、険しくなった蒼汰《そうた》の表情を見てか、乃愛《のあ》はくるりと背中を向ける。

「それじゃあ蒼汰《そうた》、また明日」

やけにすんなりと帰ろうとする乃愛《のあ》の肩に、蒼汰《そうた》は手を置いて引き留める。

「ちょっと待て、今日は夜遅くまでそちらにお邪魔させてもらうつもりだ。ばあちゃんには俺の方からすでに連絡を入れてあるしな」

「え、そうなの？　どうして？」

途端、乃愛《のあ》が目をキラキラと輝かせながら尋ねてくる。

これはどうやら、勘違いをしているらしい。

「はは、決まってるだろ——みっちり勉強をするためだ！　ついでにお昼のぶんのお説教もするからな!?」

「そんなぁ〜っ!?」

◇

定期テスト一週間前。

いよいよ、正式なテスト期間に入った。

校内の雰囲気は普段よりも一層ピリピリしたものになり、授業中の空気もひと味違うものになる。

数学の時間、蒼汰《そうた》はノートに板書の内容を書き記してひと息ついたところで、ふと気づく。

「…………」

乃愛《のあ》が待ち針を片手に、無言でワッペンらしきものを製作していることに。

呆《あき》れた蒼汰《そうた》はスマホをいじって、乃愛《のあ》宛てに『ちゃんと勉強に集中しろ』とメッセを送る。

スマホのメッセに気づいた乃愛《のあ》は画面を確認したのち、机の上に立てかけてある教科書をチラ見し、逆さになっていないことがわかると、手元に視線を戻した。

（こいつ……）

暑さ対策のポニーテールがふりふりと揺れていて、なんだかこちらをからかっているように思えてきた。

乃愛《のあ》の容姿だけは可憐《かれん》な美少女であるだけに、ここまで堂々とサボっているのは清々《すがすが》しさすら感じさせる。

「ふぅ」

窓から日差しが照りつけているせいか、乃愛《のあ》は暑そうにブラウスの胸元をぱたつかせた。

それによく見ると、汗で前髪が額や頬にはりついてしまっている。

その光景は妙に煽情的《せんじょうてき》で、蒼汰《そうた》は思わずドキドキしてしまう。

と、ここで気づいたが、乃愛《のあ》の糸さばきは手慣れた動きになっていた。

ついでに言えば、指先にはいくつも絆創膏《ばんそうこう》が貼ってあった。慣れないうちは、指を怪我《けが》し続けていたのだろう。

（頑張ってはいるんだよな、ものすごく）

蒼汰《そうた》は教師が板書を書き記している最中に立ち上がると、そっと後列の窓にカーテンをかけた。

するとに着いたところで、こちらを見ていた乃愛《のあ》と目が合って。

「(ありがと)」

ひそひそ声でそう伝えられて、蒼汰《そうた》の鼓動が再び高鳴る。

「(ノート、後で俺のやつを写すんだぞ)」

「(うんっ)」

……やっぱり乃愛《のあ》に対しては甘くなってしまうことを自覚しつつ、蒼汰《そうた》は自分のそんなところが嫌いになれないのだった。

第三章　【息抜き】大変なときこそイチャイチャが必要です

金曜日。この日も下校時間までコスプレ衣装の作業を続けて、その帰り道。

茜《あかね》とやちよと別れた後は、乃愛《のあ》の提案でファミレスに移動していた。

今日は乃愛《のあ》の祖母が友人と出かけているらしく、気を遣った乃愛《のあ》は外食で済ませるということで、蒼汰《そうた》も一緒についてきたのだ。

注文したクリームパスタやミートドリアを食べ終え、蒼汰《そうた》は今日ついてきた『本題』に入ることにする。

「さて、勉強するか」

「ヤダ」

「ヤダじゃないんだよ！　昨日も一昨日もなんだかんだで言い訳ばっかりして、結局あんまり勉強ができなかったじゃないか！　全教科で赤点なんか取ってみろ、コスプレイベントどころじゃなくなるからな⁉」

蒼汰《そうた》は若干焦《あせ》っていた。乃愛《のあ》の勉強が一向に捗《はかど》っている気がしていないからだ。

「うぅ、蒼汰《そうた》はスパルタすぎる。そんなに心配しなくても、イベントはテストの返却前だから影響ない」

「そっちじゃないんだよ心配してるのは！　そんなことばっか言ってると、本気で頭グリグリするぞ？」

「暴力反対。暑くなってくると、みんな血気盛んになってすぐ手が出るから困る」

「はぁ……ちょっと甘やかしすぎたかな」

「そんなことない。個人的には、もう少し糖度高めでもいいくらい」

乃愛《のあ》はあっけらかんとした顔で言いながら、知らぬ間にデザートのいちごパフェまで頼んで食べている。

このマイペースに合わせているようじゃ、いつまで経《た》っても乃愛《のあ》に勉強をさせることはできないだろう。

では、どうすれば乃愛《のあ》にやる気を出してもらえるのか。

こういう場合はやっぱり……アレを使うしかないだろう。

「じゃあ、わかった。もしテストで赤点がなかったら——いや、全教科で平均点以上を取れたら、とくべつに『ご褒美《ほうび》』をやろう」

名付けて——『ご褒美《ほうび》作戦』！

乃愛《のあ》はこういったわかりやすい報酬に目がなかったりするのだ。それでも気が乗らないときには拒否することもあるが、今回は——

「ふむ、話を聞こう」

　どことなくキメ顔で答える乃愛《のあ》だが、ほっぺたにクリームがついているので様にならない。

　そのクリームを指で掬《すく》い取《と》ってやると、乃愛《のあ》は頰を真っ赤にした。つい自然にやってしまったが、蒼汰《そうた》も今さらながら照れくさくなる。

「——ごほん。えっと、参考までに聞いておくけど、乃愛《のあ》は今欲しいものとかあるのか？」

「ううん、特には。今のところ、欲しいゲームも漫画もないし」

「わかった。それならまあ、テストが返ってくるまでに何か考えておくよ。何も思いつかなかったら、まあ、乃愛《のあ》がやってほしいことをなんでも一つ叶《かな》えるってことで」

「なんでも⁉」

　その嬉々《きき》とした反応を見て、蒼汰《そうた》は若干後悔する。

「いや、なんでもとは言ったけど可能な範囲でだぞ……」

「うん、それはわかっているつもり」

「ならいいんだけどさ」

　これで少しでもやる気になるならばと思ったのだが、乃愛《のあ》は何やら腑《ふ》に落ちない様子で。

「どうかしたか？」

「……これはトモダチから聞いたんだけど、女の子は少しぐらい隙がある方がモテるとのこと。蒼汰《そうた》だって、インテリすぎる完璧女子とかは苦手じゃないの？」

「いや、べつにそこら辺はこだわりとかないかな」

「でも私——じゃなくて、女子はちょっとぐらい隙がある方がいいんでしょ？　蒼汰的《そうたてき》にも」

「まあ、そっちの方が可愛《かわい》げはあるかもな」

「だったら、なんで蒼汰《そうた》は私にいっぱい勉強をさせようとするの？」

ここまで何を言わんとしているのかいまいちわからなかったが、ようやく意図が摑《つか》めてきた気がする。

つまりは勉強すると、理想的な女子像から離れていくと乃愛《のあ》は考えているようだ。

ここで勉強が出来るか否《いな》かにかかわらず、乃愛《のあ》が十分隙だらけだと指摘することは、さすがに野暮というもの。なので蒼汰《そうた》は、自分の考えをしっかりと伝えておくことにする。

「あのな、他の男子は知らないけど、少なくとも俺は勉強ができる人を苦手だとは思わないぞ。むしろ尊敬するよ」

「そうなの？」

「ああ。だってそれだけ努力してるってことだろ？　もちろん、努力せずにできる天才タイプもすごいとは思うけどな。要領が良くて授業を聞いているだけでも高得点を取れる人とか、あとは単純に物覚えが良《い》い人も羨ましいと思うよ。妬みはしないけど」

「ふむ」

「そっちのトモダチにも言っといてくれ、俺は何か取り柄がある人を尊敬はするけど、苦手には思わないって。俺の中でマイナス要因になることは絶対にないから」

「わ、わかった」

乃愛《のあ》は未《いま》だに何やら思案している様子だが、ひとまずは納得してもらえたようだった。

「それじゃ、勉強を始めるか」

「うん」


そうして勉強に取り組んでから二時間ほどが経《た》ち。

夕食時は賑《にぎ》やかだった店内も、ようやく落ち着いてきた頃。

「んあ〜〜っ！　もうやだ〜〜っ」

ぐてっとテーブルに倒れ込む乃愛《のあ》。

この二時間で、蒼汰《そうた》お手製の問題集を無事にクリアしたのだ。ご褒美《ほうび》で釣ったとはいえ、乃《の》愛《あ》がちゃんと勉強してくれたことにホッとする。

蒼汰《そうた》はささっと採点を済ませてから、ふぅとひと息ついた。

「──採点終了。うん、全部できてるな。やっぱりやればできるじゃないか」

見事に全問正解。やはり乃愛《のあ》は飲み込みがいい。この調子なら、赤点を取るようなことはなさそうである。

「う〜、疲れた……」

「ひとまずはおつかれ。あとネックなのは、現代文か」

「休憩用にパフェを頼んでいい？」

「いいけど、食べきれるやつにしておけよ？」

「脳が糖分を欲《ほっ》しているから余裕」

そうして頼んだチョコレートパフェを食べながら、乃愛《のあ》が思い出したように言う。

「あのね、もう勉強はいい。あとは帰ってから一人でやる」

「まあ、ノルマは達成したしな」

「それと、今回のテスト期間はもう勉強を教えてくれなくていい。ちゃんと一人のときにやるから」

「えっ……まあ、乃愛《のあ》がそう言うなら」

正直、蒼汰《そうた》は困惑していた。乃愛《のあ》が自分からこんなことを言うとは思わなかったし、今回は最後まで付き合うつもりだったからだ。でも、乃愛《のあ》にも自立心が芽生えたのかもしれない。

「うん、信用してくれていい。だから蒼汰《そうた》も、ちゃんと約束は守ってね」

「あ、ああ……」

目の前に座る乃愛《のあ》は、どことなく嬉《うれ》しそうに見える。

つまり、乃愛《のあ》は勉強に目覚めた——と考えていいのだろうか？

「それと蒼汰《そうた》に、もう一つ言っておくことがある」

「なんだ？」

「明日は土曜日。学校は休み」

「ああ」

「そして、今日は勉強をこの上なくがんばった」

「この上なく、ってほどでもないけどな……。で？」

「つまり、明日は息抜きを所望する」

「…………」

無言で見つめる蒼汰《そうた》に対し、乃愛《のあ》はムッとして言う。

「明日は息抜きするの！　最近勉強とか裁縫とかばかりで、全然遊べてないからっ」

「わかった、わかったから落ち着け。息抜きって言っても、具体的にはなにをしたいんだ？」

「漫喫に行きたい。それで一日中ダラダラして過ごす」

「…………」

「もちろん、蒼汰《そうた》も一緒。きっと楽しい」

「…………」

呆《あき》れて物も言えなくなっている蒼汰《そうた》。

先ほどは勉強に目覚めたのかと思ったが、これだとただサボりたい口実とも思えてしまうわけで。

とはいえ、乃愛《のあ》の勉強態度を信用することになった以上、文句は言いづらいわけだが。

いろいろと思考がまとまらない蒼汰《そうた》をよそに、乃愛《のあ》は何かを閃《ひらめ》いたかのように言う。

「それにトモダチも言っていた、男女は苦楽を共にするときこそ絆《きずな》が深まる——と。『苦』は散々味わったからこそ、次は私たちで『楽』を共にするべき。具体的に言えば、これはデートのお誘い」

「デートのお誘い、ねぇ。にしても、トモダチを便利に使いすぎじゃないか？」

「そ、そんなことない、トモダチがほんとに言ってたんだもんっ。蒼汰《そうた》はデートがしたくないってこと？」

「そうは言ってないけどさ」

「もういい、一人で行くし」

トモダチの話についてはナイーブらしい。なんだか拗《す》ねてしまった。

仕方がないので、蒼汰《そうた》はため息交じりに頷《うなず》いてみせる。

「わかったよ、付き合えばいいんだろ。明日だけだぞ」

「うんっ」

「明後日《あさって》からはちゃんと——いや、明日も帰ってからはちゃんと勉強しろよ？」

「…………うん」

「今の間はなんなんだよ……」

というわけで、明日は息抜きがてらにデートの予定が決まった。

……テスト週間の休日というのが、素直に喜べないところだった。

◇

土曜日。

休日の昼間から駅前に集合した蒼汰《そうた》と乃愛《のあ》は、さっそく近くの漫画喫茶に移動していた。

これまでにも蒼汰《そうた》たちは漫画喫茶を利用したことがあったが、今日は一つだけ違う点がある。

というのも乃愛《のあ》の提案により、カップルシートとやらがある個室を借りたわけで……

「お、おい、いきなり俺の上に座るのかよ……」

「カップルシートの利用は自由。シートは狭いんだから、こうやってくっついて利用するのが当然の使い方」

という経験者ぶった物言いにより、現状は乃愛《のあ》が蒼汰《そうた》のあぐらの上に座る形になっている。

今日の乃愛《のあ》はおさげヘアーにノースリーブ袖のロングワンピース姿で、肩回りが涼やかかつ、肌の触れ合う面積が多くなっていた。

小柄な乃愛《のあ》は抱きしめたら全身が腕の中に収まりそうで、何やら庇護《ひご》欲めいたものを駆り立てる愛くるしさがある。こうしてくっついているだけでも温かくて柔らかい感触が伝わってくるし、蒼汰《そうた》は煩悩《ぼんのう》を抑えるので必死だった。

ちなみに二人が使っているのはソファシートなので、並んで座るぶんのスペースは十分にあるのだが、そこはご愛嬌《あいきょう》である。

テーブルの上にはPCの他、ドリンクやアイスなどが所狭しと並べられている。まさに堕落しきった時間にぴったりの状況だった。

場も整ったところで、乃愛《のあ》が上目遣いに見上げてくる。

「昨日トモダチから聞かれたんだけど、蒼汰《そうた》はこういう密閉空間だと、どういうムードになるのがお好みなの？」

（そりゃあカップルシートなんだし、普通にイチャイチャしたいだろ！）

……という本音を口に出せるはずもなく。

「ま、まあ、癒やされるムードなんかいいかもな。アハハ……」

「仕事疲れしたOLみたいな意見」

「悪かったな！　こっちは毎日手間のかかる幼馴染《おさななじみ》の面倒を見ているから、だいぶお疲れなんだよ！」

蒼汰《そうた》がやけになって訴えかけたところで、乃愛《のあ》がすりすりと頬を胸板に寄せてくる。

「いつもありがとね」

「…………」

「少しは癒やされる？」

「お、おう……」

「でも、胸はドキドキしてる」

「そりゃあ、まあな……」

頰の柔らかい感触が伝わり、シャンプーの香りなのか甘い匂いまで届いてきて、蒼汰《そうた》はとんでもない多幸感を与えられていた。

それに間近で乃愛《のあ》の長い睫毛《まつげ》や、ぷるっと潤った唇が目に入ってきて眼福である。

（やっぱり、乃愛《のあ》って可愛《かわい》いな……というか、気を抜いたらムラムラしてきそうで困るけど）

思わず抱きしめそうになる両手をワキワキさせていたところで、乃愛《のあ》が頰を離す。

「これにて、蒼汰《そうた》のドキドキタイムは終了。あまり私が本気を出し過ぎると、蒼汰《そうた》がよからぬ気持ちになっちゃうかもなので」

「とか言いながら、乃愛《のあ》も顔が真っ赤じゃないか」

「これは、その、暑いから。ふぅ～、アツイアツイ」

「ちょっ、ここで胸元をパタパタするなよ！」

谷間が――というかもろに黄色のブラジャーが覗《のぞ》き見えて、蒼汰《そうた》の目は釘付《くぎづ》けになってしまう。

「ひゃっ、えっち！　見るのは禁止！」

「無茶言うなよ!?　俺はここから動けないんだぞ！」

「顔は動かせるはずだし、目は閉じられるはず」

「いや、男の本能的に無理なんだって……」

「じぃーっ」

「勘弁してくれよ……」

……結局、カップルシートおそるべしということで一段落ついて。

「蒼汰《そうた》、まずはこれが見たい」

そう言って乃愛《のあ》が指し示した画面には、有名な邦画のホラー作品『呪念』が映っていた。

「いや、ホラーって……乃愛《のあ》は苦手なはずだろ」

「苦手を克服しようかと思って」

いずれにせよ、先ほどの『癒やしムード』とは真逆なものになりそうである。

「苦手を克服したいなら、まずは勉強に取り組めばいいんじゃないか？」

「今日は勉強の話は禁止。ムードが崩れるから」

「ムードを人質に取られている気がするんだよなー。まあ、乃愛《のあ》が見たいならべつにいいけどさ」

「じゃあ見よー」

というわけで、ホラー作品の鑑賞を始めることになった。

せっかくだからムードも出そうということで、部屋の照明を暗くしてから再生ボタンを押して、いざ視聴開始。

さすがは有名ホラー。冒頭のシーンから、いきなり過激な恐怖映像が流れたのだが。

「フッ、フフフ……全然怖くない」

「両耳を塞ぎながら目を瞑《つぶ》っていたら、そりゃあな」

乃愛《のあ》の手を耳から外して、ちゃんと目を開けるよう促すと、次の瞬間――

「ぴゃあっ⁉」

ぴょんと軽く飛び跳ねると同時に、乃愛《のあ》は素っ頓狂な悲鳴を響かせた。

ちょうど女性の霊がにじり寄ってくるシーンを見てしまったせいか、乃愛《のあ》は全身を震わせながら蒼汰《そうた》に抱きついてくる。

「お、おい、そんな抱きつくなよ」

「うぅ、怖い怖い怖い……」

錯乱状態の乃愛《のあ》は、耳を塞ぐのも忘れて蒼汰《そうた》にしがみついてくる。

一旦画面を一時停止にしてから、蒼汰《そうた》は囁《ささや》くように声をかけた。

「見るの、もうやめておくか？」

「…………」

「乃愛《のあ》？」

　心配になって顔を覗《のぞ》くと、なぜだか乃愛《のあ》は赤面していた。

「どうかしたか？」

「蒼汰《そうた》って、良《い》い匂いだし良《い》い声してる。今の状態、すっごく癒やされる……」

「ば、ばか、なに言ってんだ」

　恥ずかしくなった蒼汰《そうた》は、乃愛《のあ》を胸から引き離す。

「ほら、見ないならもう電気点《つ》けるぞ？」

「蒼汰《そうた》の照れ屋さん」

「うるさいな、お互い様だろ」

　言いながら、照明を点《つ》けて画面を切り替える。

「どうする？　映画はやめるか？」

「うん……大人しく漫画を読むことにする」

　乃愛《のあ》は事前に借りておいたバトル漫画を開きながら、蒼汰《そうた》の胸に寄りかかってくる。

「これ、俺はどうやって読めばいいんだ？」

「一緒に読も？」

「ああ……」

　とは言ったものの、乃愛《のあ》のページを捲《めく》る速度が早すぎて、蒼汰《そうた》は全然内容が入ってこない。

　仕方がないので、蒼汰《そうた》はなんとなく気になったことを尋ねてみる。

「あのさ、そもそもどうしてホラー映画を見たいとか言い出したんだ？　苦手を克服っていうのとはなんか違う気もしたし」

するとと、乃愛《のあ》はモジモジとしながら言う。

「それは……お化け屋敷《やしき》なんかでは定番の、『キャッ、怖い』がやれるかと思って」

「あー、なるほど……」

となれば、確かに狙い通りのシチュエーションにはなったのだろうが、乃愛《のあ》がビビりすぎたせいで続行不可になったわけだ。

それにしても、乃愛《のあ》は未《いま》だにモジモジとしている。まだ照れているのだろうか。

「どうかしたのか？」

「……トイレに行きたい」

「ああ、行ってこいよ」

「でも、怖くていけない……」

「どんだけホラー映画を引っ張ってるんだよ……」

人間はなかなか苦手を克服などできないものらしい。乃愛《のあ》のこのビビり方は、幼少期の頃から変わっていなかった。

「とりあえず、入り口までついてきて。あと電話は繋《つな》いだまま」

「いや、電話はダメだろ」

「じゃあなんか、適当に大声で歌ってて」

「ほんとにビビりだな……。ほら行くぞ」

乃愛《のあ》の手を引いて部屋を出てから、真《ま》っ直《す》ぐトイレに向かう。そのまま蒼汰《そうた》はトイレの前で鼻歌交じりに時間を潰していると、数分ほどで乃愛《のあ》が出てきた。

「ミッション達成！　なにもいなかった！」

「そりゃあ、いたら困るだろ」

「でも、変な鼻歌が聞こえた気がした……もしかしたらこの店は、呪われているのかもしれない」

「いや、それは俺の鼻歌だよ……」

そんなこんなでダラダラと夕方頃まで過ごし、蒼汰《そうた》と乃愛《のあ》は漫喫時間を謳歌《おうか》したのだった。


店を出ると、すでに日は暮れ始めていた。

だいぶ長い間、乃愛《のあ》との『息抜き』を満喫していたらしい。

「ダラダラしてるとあっという間に時間が過ぎるな。もう夕方かよ」

「さて、これからなにしようか。ゲーセンにでも行く？」

「いや、もう帰るだろ。勉強しなきゃだし」

「勉強関連のワードは禁止。まだ私との息抜きデートは終わってな――」

「あれれー？　もしかしなくても、蒼汰《そうた》センパイじゃないですかー！」

そこで明るめの声が聞こえてきて、乃愛《のあ》があからさまに嫌そうな顔をする。

声の主──茜《あかね》はニヤニヤしながら近づいてきて、乃愛《のあ》の方を一瞥《いちべつ》してから、蒼汰《そうた》に微笑《ほほえ》んでみせた。

「どうも、こんばんはでーす」

「やあ、茜《あかね》ちゃん。そっちは買い物か何かか？」

「いえ、友達の家で遊んで──じゃなくて、勉強会をしてきた帰りです」

「へ、へぇ、偉いじゃないか」

今、完全に『遊んできた』と言いかけたような気もするが、ここは聞き流しておくことにした。

私服姿の茜《あかね》は黒のサロペットを着こなしており、やはり彼女は衣服のセンスがいいのだと実感させられる。

「そっちはなにやってたんですかー？　もしかして、デートとか？」

「いや、俺たちは──」

「デートしてたっ。思いっきり息抜きになってスッキリ爽快」

ドヤ顔。

ものすごいドヤ顔で乃愛《のあ》が食い気味に言い切った。

すると、茜《あかね》が途端に無表情になる。

「へー、後輩にはいろいろと頼むくせに、自分は勉強でもなくイチャコラ遊んでいたわけですか。大したセンパイですねぇ、藤白《ふじしろ》センパイは」

「あれ……？　茜《あかね》、もしかして怒ってる？」

「怒ってないですよ。ちょっと、ムカついているだけで」

蒼汰《そうた》が初めて見るほど、茜《あかね》の顔には苛立《いらだ》ちの感情が募っているのがわかった。そのせいか、乃愛《のあ》が若干ビビってしまっている。

だが、茜《あかね》はすぐさまいつものにこやかな表情に戻って。

「それじゃー、あたしややっちゃんセンパイばかりが苦労したり勉強したりするのもなんなので、これからパァーッと息抜きの続きをしちゃいますか！」

「いや、だから俺たちは今息抜きをしてきたばっかりで——」

「仕方ない、その話に乗った！」

どうしてだか、乃愛《のあ》まで乗り気になっているようだ。

それも、脅されている感じじゃない。これは……

（こいつ、この機に乗じて勉強時間を減らそうとしている⁉）

どこまで勉強嫌いかはわからないが、乃愛《のあ》は茜《あかね》とがっちり手を組んで頷《うなず》き合っている。

てっきり乃愛《のあ》自身が追い込まれるのかと思いきや、茜《あかね》とはいろんな意味で相性が良《い》いようだった。

「はぁ……わかったよ、俺も付き合う」

「「やったーっ」」

ばちん、と女子二人がハイタッチをする。

それからテンション高めなのはそのままに、茜《あかね》がスマホを取り出していじり始めたかと思えば――

「あ、もしもし？　やっちゃんセンパイですか？　あたしですあたし、茜《あかね》ちゃんです。はい、はい。じつはですね、これから穂波《ほなみ》高コスプレ仲間のみんなでカラオケ大会を開こうってことになりまして～！」

どうやら茜《あかね》の中では、コスプレ関連のメンツでカラオケに行くことが確定しているらしい。

しばらく電話越しに話していたかと思えば、茜《あかね》はふてくされた様子で通話を切った。

「……来ないそうです。テスト勉強をしているから、って。ほんとに困った人です」

「フッ、やっちゃんは所詮ガリ勉か」

「お前ら、本人がいないからって言いたい放題だな……」

呆《あき》れる蒼汰《そうた》をよそに、今度は乃愛《のあ》がスマホを取り出す。

「ここは私が本気を出す必要があるらしい。いざ、悪魔を召喚するとき――あ、えっと、もしもし、やっちゃん？　えっと、その、カラオケ行くらしくて……だから、やっちゃんも……」

最初の威勢はどこへやら。蒼汰《そうた》以外の相手には慣れない電話に、乃愛《のあ》の声はどんどん小さくなり、内心ではパニックを起こしているのが見てわかった。

「……うん、うん。……私も、来てほしいよ？　……え、ほんと？　じゃあ、駅前で」

……どうやら勧誘に成功したらしい。さしものやちよも、乃愛《のあ》の健気《けなげ》さには完敗したといったところだろうか。

電話を切った乃愛《のあ》は、ドヤ顔で向き直ってきて。

「フッ、余裕でオーケーだった。やっちゃんはこれから急いで来るらしい」

「藤白《ふじしろ》センパイって、だいぶ罪な女ですよね……」

「ああ、わかってくれるか」

「どうして憐《あわ》れまれてるの⁉　私は頑張ったのに！」

それから十五分ほどでやちよが合流して、四人はいざカラオケに向かうこととなった。

◇

「──すべてぶっ壊せぇ〜〜っ！」

室内に響き渡る高音ボイスとともに、やちよが歌い切った。

駅近のカラオケに入ってからすでに一時間。ローテーションで歌う順番を回しているのだが、先ほどからやちよの選ぶ歌は、物騒な歌詞が出てくるロック調の曲ばかりであった。そのせいで、乃愛《のあ》と茜《あかね》が若干引いてしまっている。

「なあ、そんなにストレス溜《た》まってるのか？」

「まあね。あんたも同じでしょ？」

「まあな」

そういう蒼汰《そうた》は一昔前に流行《はや》ったメジャーソングばかりを歌っている。理由は単純で、それぐらいしか覚えていないからである。

（小学生の頃は、よくカラオケに行ったんだけどな……最近の曲とかマジでわからん）

と、ここで茜《あかね》の番が回ってきて、マイクを片手に立ち上がる。

「そんじゃ、あたしの番ですね！　――あたしの歌を聴けーっ！」

どうやら茜《あかね》はアニソン主体でいくようで、意外にもコアなアニメの曲も歌ったりしていた。

そして、乃愛《のあ》はというと……。

――シャン、シャン♪

蒼汰《そうた》の隣から、シャンシャンとマラカスの音がする。……音の主は乃愛《のあ》である。

――シャン、シャン、シャン♪

茜《あかね》の歌が終わって、蒼汰《そうた》が歌っている最中も、

――シャン、シャン、シャン♪

続いてやちよの番になっても、

——シャン、シャン♪

蒼汰《そうた》がさりげなくマイクを渡そうとしても、

——シャン、シャシャン♪

「いや、マラカスで返事をするなよ」

ちなみに今のは、『やだ、歌わない』という意味だろう。顔がそんな感じである。

こんな感じで乃愛《のあ》は入室から約一時間が経《た》った今でも、一曲も歌わずにいた。

歌わない——否、歌えない理由は至極単純で、「恥ずかしいから」だという。乃愛《のあ》はとくべつ音痴というわけでもないのだが、人前で歌い慣れていないせいだろう。

「ねぇ、瀬高《せだか》。藤白《ふじしろ》さんって前からこんな感じなの？」

「いや、俺と二人で行くときは普通に歌うんだけどな。ちなみに、得意なのはアニソンみたいだ」

「どんだけ内弁慶なのよ……。べつにわたしたちは、何を歌おうが馬鹿にしないってば」

やちよが穏やかに言うものの、乃愛《のあ》は首を左右に振るだけである。

そこで茜《あかね》がやれやれと呆《あき》れぎみに立ち上がると、不敵な笑みを浮かべて言う。

「それじゃ、あたしが歌わせてみせますよ」

茜《あかね》はキャピっとウインクを飛ばしてから、乃愛《のあ》のもとへと近づいていった。

◆◆◆

「(これは耳寄りな情報なんですけど、恋愛系の曲を歌ってドキッとさせる方法があるんですよ)」

乃愛《のあ》の耳元で、茜《あかね》が声をひそめて囁《ささや》いてきた。

唐突に何を言い出したのかと身構える乃愛《のあ》に、茜《あかね》は笑みを浮かべて続ける。

「(たとえば、意中の相手を見つめながら、『好きだ』とか『ずっと片思いしてます』とか、そういったラブな言葉を歌詞に乗せて伝えることができるじゃないですか。でも歌を言い訳にできるから、後になって告白じゃないってことにできるんです)」

「(……なにを言ってるの？)」

アホらしい、と言わんばかりに乃愛《のあ》はジト目を向ける。

対する茜《あかね》は、心外だとばかりにジト目を返した。

「(普段のあなたはいつも、それ以上のアホっぽいことをしてるじゃないですか)」

「んなっ⁉　失礼千万！」

がるるる……と敵意をむき出しにする乃愛《のあ》に対して、茜《あかね》はしてやった風な笑顔とともに言う。

「(ちなみに、今の手法はJKの間だと鉄板になってます。何せ、からかい目的でも十分に使えますからね〜。つまりは、相手をドキッとさせたり意識させるのにもってこいなんですよ)」

「(JKの間で、鉄板だと……?)」

乃愛《のあ》はこと恋バナにおいて、他のJKの情報が馬鹿にならないことを痛感しているのだ。この情報を無下にすることはどうしてもできなかった。

それによく考えれば、どうしても素直になれない乃愛《のあ》にとってはうってつけの手法である気がしてきた。今ならカラオケの流れに乗じて蒼汰《そうた》をドキッとさせられるかもしれないのだ。

(蒼汰《そうた》に、また好きって伝えられるかもなの……？　しかも、ノーリスクときた)

「(……もしや、茜《あかね》は天才?)」

「(お、ノッてきましたね。もちろんあたしは天才ですよ、なんせイメトレ歴が長いですから。

——それはともかく、こういうところでガツガツいくぐらいじゃないと、恋愛的な乙女スタンスとしては失格なわけですよ。女子力講座の中級編を思い出してください)」

「(なるほど、中級編の応用か。——あ、でも私はべつに、そういう誰かに恋をしているかどうかについてはノーコメントだから)」

ここを茜《あかね》相手に認めるわけにはいかないのだ。あくまでこの気持ちは、蒼汰《そうた》だけに知っておいてほしいものなのだから。

「(はいはい、ほんとにめんどくさい人ですね……)」

「(ちなみに、コツとかはあるの?)」

「(いいですよ、それじゃあ教えてあげます——)」

◆　◆　◆

女子同士のひそひそ話は終わったようで、茜《あかね》が席に着くなり、乃愛《のあ》がリモコンを操作して立ち上がった。

その手にはマイクが握られており、モニターには『黒の鎮魂歌《レクイエム》』という曲名が表示されている。

「おぉ、あの陽キャ後輩やるわね」

「だな。乃愛《のあ》が歌う気になったみたいだ」

イントロが流れ出し、曲が始まると——前に出てきた乃愛《のあ》はマイクを両手で握りしめながら歌い出す。

声量は蒼汰《そうた》と二人きりのときに比べて抑えめだが、綺麗《きれい》な声でしっとりと歌い上げている。

現に、やちよも茜《あかね》も心地よさそうに耳を傾けていた。

切ないメロディのサビを終え、そのまま曲は終盤へ。

そして最後の決め所に差しかかろうというとき、乃愛《のあ》は蒼汰《そうた》とばっちり目を合わせてきた。

（ん？　どうして乃愛《のあ》は、俺のことを見ているんだ？）

そんな疑問が蒼汰《そうた》の頭に浮かんだところで、

「――あいらぶゆ～」


可愛《かわい》らしい声で、乃愛《のあ》が最後の歌詞を口にした。

思わずドキッとした蒼汰《そうた》とは違って、茜《あかね》とやちよはズコッと前のめりに倒れかけている。その意味が蒼汰《そうた》にはよくわからなかった。

と、ここで茜《あかね》が乃愛《のあ》のもとに再び近づいていき、

「（ちょっと藤白《ふじしろ》センパイ！　なんで『あいらぶゆー』なんですか⁉　『愛してる』とか『大好きだよ』だとか、そういうわかりやすくて直接的な歌詞の曲を選ぶよう言いましたよね⁉）」

「（だ、だって、そういうのって見つめながら言える自信がなくて……）」

「（なにチキってるんですか！　どこまでアホなんですか！）」

「（チキンじゃない、ここは乙女と言ってほしい。――あ、でも私はべつに、誰かを云々《うんぬん》かんぬんな気持ちについてはノーコメントだから）」

「ああああ～～～っ！　可愛《かわい》いのが余計にムカつく～～～っ！」

とうとう声をひそめるのをやめてしまった茜《あかね》。

どうやら女子二人の怪しげな企《たくら》みは失敗に終わったようだが、当の蒼汰《そうた》はドキドキしっぱなしであった。

(あいつ、あんなことをしたら勘違いされても文句は言えないぞ……？　ったく、可愛《かわい》いな)

「やっぱり乃愛《のあ》は良《い》い声してるよなー。くらっしーもそう思うだろ？」

「……はぁ、こっちはかわいくない上にムカつくわ。殴りたい」

隣に座るやちよがなぜだか不穏な言葉を呟《つぶや》いていて、蒼汰《そうた》は理由もわからぬままに寒気を感じるのだった。


突発的に始まったカラオケ大会は、二時間が経過したところで終了となった。

茜《あかね》とやちよと別れた後の帰り道、乃愛《のあ》はまだ遊び足りないといった顔でとぼとぼと歩いている。

「今日、楽しかったか？」

「うん、思ったよりも羽を伸ばせた気がする。まだまだ遊び足りない気分はあるけど」

「そういうバイタリティだけはあるんだよなー。徹夜でゲームとかも余裕でするし」

「当然。好きこそものの上手なれと言うし」

「ちょっと使いどころが違うけどな」

夜の河川敷《かせんじき》を歩きながら、乃愛《のあ》は空を見上げてため息をついた。

「残念だけど、蒼汰《そうた》に話さなきゃいけないことがある」

「え、ああ。なんだ？」

やたらと声のトーンを落とすものだから、何事かと身構えてしまう。

「あのね、怒らないで聞いてほしいの」

「事と次第によるな」

「……じゃあ、いい。まだ話さない」

「なんだよ、もったいぶらずに話せばいいのに」

けれど、乃愛《のあ》は本当にこの場で話すつもりはないらしく、無言で手を繋《つな》いでくるのみ。

どうやらよほど後ろめたい話があるようで……はっきり言って、蒼汰《そうた》としてはモヤモヤしてしまう。

そのまま歩き続けて、いつもの分かれ道に到着してしまった。

「『話さなきゃいけないこと』とやらは、本当に話さなくていいのか？」

「うん」

「そうか。まあ無理に聞き出すつもりも、こっちにはないしな」

「……えっと、バイバイ。帰ったら電話するからっ」

乃愛《のあ》はそう言い残して、そそくさと帰っていった。

「えっ、ちょっ……なんなんだ、一体」

小さくなっていく乃愛《のあ》の背中に向けて、本当は『テスト勉強がんばろうな！』くらいのセリフをかけてやりたかったが……電話がかかってくるのであれば、そのときに励まし合えばいいだろう。

今日は十分に息抜きをした。きっと乃愛《のあ》だって気持ちを切り替えて、勉強に取り組んでくれるはずだ。

このときの蒼汰《そうた》は、そんなことを思っていた。

◇

その夜。

息抜きデートから帰ってきた蒼汰《そうた》は自室で一人、勉強三昧に明け暮れていた。

蒼汰《そうた》にとって、成績の良さは唯一の取り柄といえる。

乃愛《のあ》に日頃から説教をしている手前、中途半端《ちゅうとはんぱ》な成績は取れないと意気込みながら、数時間ほど没頭していたのだが……。

——ブーッ、ブーッ。

そこでスマホが振動する。乃愛《のあ》からの着信だ。

別《わか》れ際《ぎわ》に言っていた通り、本当に電話をかけてきた。もしや『話さなきゃいけないこと』とやらを電話で伝えてくるつもりだろうか？

「——もしもし？」

『あ、出た。なにしてたの？』

「なにって、勉強だよ。って、もうこんな時間か。どうりでちょっと肩が凝っているわけだ」

『もしかして、帰ってからずっとやってたの？』

「ああ、もちろん風呂《ふろ》と飯は済ませたけどな。そっちは順調か？」

『うん。とりあえず、下半身部分についてはおおよそ完成』

「いや、俺が聞いたのは勉強の方の進捗なんだが……」

『あ、えっと、そっちも順調』

「ほんとかよ……」

はっきり言って、不安しかない反応だ。この感じだと、今の今まで忘れていてもおかしくない。

「で、何の用だ？　電話なんて珍しいじゃないか」

『なんとなく、声が聞きたくなって』

その発言内容はドキッとするものだが、言い方がどこか芝居がかっているせいでいまいちドキドキしなかった。

「へー、それもトモダチの入れ知恵か？」

『む、効果なし？』

「まあ、悪くはないんじゃないかな。乃愛《のあ》に合うかどうかはともかくとして」

『今のは茜《あかね》の案。電話をしたときにはそう言えって言ってたから』

なるほど、茜《あかね》のようなイマドキ女子だったら上手《うま》く使いこなせる発言かもしれない。

今のも言い方を変えれば、『トモダチの話』──恋バナの助言ということになるのだろうか。

「それで、ほんとに何の用だ？　べつに声が聞きたいだけでもいいんだけどさ」

『えっと、その……明日って空いてる？』

「空いてる、というか勉強漬けにする予定だったけど」

『ならちょっと、買い物に付き合うとかは可能？』

「ん？」

今、聞き捨てならない発言が飛び出したような……。

『コスプレ用のウィッグを買いに行きたくて。蒼汰《そうた》にも付き合ってほしいの』

「いや、ちょっと待て。それってつまり、明日も──日曜日もまた、外出しようってことだよな？」

『……ダメ？』

「可愛《かわい》く言ってもダメだ。せっかく一日使えるんだし、明日は勉強しろよ」

『うぅ……』

なるほど、これが『話さなきゃいけないこと』というわけだ。どうりで蒼汰《そうた》が怒らないかどうか心配していたわけである。

「ウィッグっていうのは、カツラみたいなものだよな？　それなら放課後にでも付き合ってやるからさ」

『でも、こういうのは休日に行くからワクワクするのに。放課後だと、帰りの時間を気にしなくちゃいけなくなる』

「じゃあなんで今日言わなかったんだよ……」

『だってだって、今日は勉強もコスプレの作業も気にしないで、蒼汰《そうた》といっぱい楽しみたかったから』

「う……」

今度は蒼汰《そうた》が言葉に詰まってしまう。

だって、こんな言い方はずるい。何も気にせず『蒼汰《そうた》といっぱい楽しみたかったから』なんて言われたら、なんだって許してあげたくなってしまうではないか。

『お、今のは効果アリ？　――そうたそうたっ、明日もいっぱい楽しみたい！』

「調子に乗るな」

『ごめんなさい』

電話越しに話しているだけなのに、つい口元がニヤついてしまう。

まったく、困った幼馴染《おさななじみ》だと呆《あき》れながらも、蒼汰《そうた》は穏やかな気持ちで言う。

「いいよ、付き合う。ただし、俺が言いたいこともわかるよな？」

『うんっ、勉強もがんばる！　蒼汰《そうた》とは約束したから』

「ああ、ならいい。明日は荷物持ちとして活躍してやるよ」

『わーい』

「でも、ウィッグかー。そんな物まで必要になるんだな」

蒼汰《そうた》が扮《ふん》するブライトは黒髪キャラだし、ヘアセット次第でなんとか近い髪型にできそうではある。となると、トモダチ用なのかもしれない。

それならトモダチと行くべきだと思うのだが……ともあれ、その辺りは蒼汰《そうた》が口出しをするべきじゃないだろう。

『クオリティにはこだわりたいから。それにトモダチも言っていた——男女の距離を縮めるにはイベントの本番も大事だけど、それと同じくらい準備期間も重要になるって』

「まあ、そうかもな」

学校行事の準備を一緒にしていたら、知らぬ間にカップルが成立していた〜、なんてよく聞く話だ。きっと何かに協力して取り組むことは、自然と心的距離も縮めるのだろう。

「そういえば、明日の買い物にはくらっしーや茜《あかね》ちゃんも来るのか？　作業はたくさん手伝ってもらっているみたいだし」

「まあそうか、さすがに明日まで時間を取るのは申し訳ないもんな」

『違う。これはただの買い物じゃなくて、買い物デートだから』

「お、おう」

乃愛《のあ》の声は真剣そのものだったので、蒼汰《そうた》は若干気圧《けお》されてしまう。

わざわざトモダチの話を持ち出してきている時点で気づくべきだった。これは確かに、紛れもないデートのお誘いだ。

買い物デート。……テスト週間の休日を二日間連続でデートに使うとは、なんとも業が深いと言わざるを得ない。

と、そこで気になったことが一つ。

「そういえば、乃愛《のあ》って女性ものの衣装も作ってるよな？　あれってトモダチ用のやつか？」

『まあ、そんなところ』

「やっぱりか。トモダチの方はどのキャラのコスプレをするんだ？」

『秘密。当日までのお楽しみ』

「べつにいいけどさ。――でもトモダチの衣装も作っているなら、トモダチのことも作業のメンバーに加えてもいいんじゃないか？　人手が足りないみたいだし、本人が着るやつなら手伝うのが普通だろ？」

『来ない』

今回のウィッグの買い物についてもそうだが、イベントに参加する当人が蚊帳《かや》の外というのには違和感がある。トモダチの方もテスト期間中という可能性があるわけだが、それは乃愛《のあ》たちも同じ条件なわけで。

なので蒼汰《そうた》が提案してみると、乃愛《のあ》は数瞬の間を置いてから口を開く。

『……大丈夫、トモダチもちゃんと作業はしているから』

「ああ、そうだったのか。ならこれ以上は俺が口出しすることじゃないな」

言ってから気づく。すでに茜《あかね》なんかは作業を手伝ってくれているのだから、茜《あかね》＝トモダチならば問題がないということを。

(やっぱり茜《あかね》ちゃんがトモダチなのか……？　いやまあ、当日が来ればそれもわかるか)

いくらコスプレイベントとはいえ、当日に茜《あかね》がゴシック調のドレスを着て現れたら驚いてしまう気がする。

なるべく失礼のない反応をしようと心がけつつ、意識を電話の向こうに戻す。

『ちなみにトモダチが気になっていたから聞くんだけど、蒼汰《そうた》はこの時期のデートだったら、どういう服で来てほしい？　今日みたいな息抜きじゃなくて、普通のデートの話』

この会話内容は、なんだか懐《なつ》かしい。初めて休日デートをすることになったとき、前日の夜に乃愛《のあ》がメッセで尋ねてきたものとほぼ同じ意図だろう。

「明日はまた暑くなるみたいだし、外を歩くなら涼しげな方がいいかもな」

『それって、露出を多めにってこと？』

「いや、単純にそういうわけじゃなくて……なんというか、ラフな恰好《かっこう》っていうのか？　歩いていても疲れない服装とかが良《い》いかもしれない、って話で」

『……確かに、明日はそこそこ歩くことになるかもしれない』

「ならちょうど良《い》いじゃないか。乃愛《のあ》が楽な恰好《かっこう》で来てくれるのが俺の望みだ。もちろん、可《か》愛《わい》いに越したことはないけどさ」

『なるほど、了解した。それじゃ、明日のお昼過ぎに駅前集合で』

「ああ。それじゃ、また明日な」

そうして通話は終了した。

ひとまずは納得してもらえたようで何よりだ。下手に露出多めの服なんかで来られたら、歩いているだけで気が気でなくなるところだった。

前回の相談時のように『ガーリーな服ｏｒ清楚《せいそ》系の服』といった二択ではなかったので、こちらの意見を伝えやすかったのもある。

でも今さらだが、乃愛《のあ》に『疲れない服装』なんて言ってしまえば、着てくるのは一つくらいしか頭に思い浮かばず……。

「まさか、あの猫耳パーカーとか着てこないよな？」

部屋着で見るぶんには可愛《かわい》らしい、猫耳のついたパーカー。

色違いや柄違いを含めれば数パターンを所持している、猫好きな乃愛《のあ》の謎のこだわりが窺《うかが》えるアレだ。

まあそれはそれで楽なことには違いないが、変に浮きそうな気もしてしまうわけで。

「……俺が気にしても仕方ないか。もう寝よう」

そう独り言をこぼしながら、蒼汰《そうた》はベッドに横になる。

正直に言えば、ワクワクしていたりもした。

何せ、明日もデートだ。二日間連続でデートをするなんて、本当の恋人みたいではないか。

主目的は『買い物』だが、それはそれで新鮮かもしれない。

ただまあ、テスト期間中であることに変わりはないので、明日は早めに切り上げようと決めて、両目を瞑《つぶ》るのだった。

◇

翌日。

絶好のデート日和ともいえる晴天の下、蒼汰《そうた》は待ち合わせ場所の駅前に立っていた。

今日の服装は水色のシャツに黒のパンツを合わせた、これまた無難なコーデである。

そろそろ待ち合わせの時間ちょうどとなる辺りで、ツンツンと肩をつつかれる。

振り返ると、そこには予想通りの人物がいて——

「にゃあ」

黒い猫耳パーカー（半袖）を着用した乃愛《のあ》が、猫の手を作りながらじゃれつくように声をかけてきた。フードを被《かぶ》っていることもあって、どことなくサブカルな印象を受ける。

このパーカーは見覚えのないデザインだし、新しく買った物だろう。外出用のオシャレなデザインをしていて、デニム生地のショートパンツとの組み合わせが良《い》い感じだ。健康的な太ももが露《あら》わになっており、靴はスニーカーなので、全体的に動きやすそうな恰好《かっこう》だった。

インナーが季節感を意識したオレンジカラーだからか、どうしても胸元に視線が向きがちになるが、そこは許してほしいところである。

「あれ、無反応？」

蒼汰《そうた》はつい見入ってしまったせいで、リアクションを取るのを忘れていたらしい。

気持ちを切り替えるように深呼吸をしてから、乃愛《のあ》の方へと向き直る。

「いや、えっと、その服可愛《かわい》いな。それに動きやすそうだ」

「でしょ。お気に入りの服なの」

「でもそれ、俺は初めて見るぞ？　いつ買ったんだ？」

「最近ポチったから、着るのは今日が初めて。でも蒼汰《そうた》に褒めてもらえたから、今日からお気に入りになったの」

「そ、そうか。じゃあ、そろそろ行くか」

なんだろう、これは。言っていることが可愛《かわい》すぎて、思わずニヤついてしまいそうになる。

自然と緩む口角を必死に隠しながら、蒼汰《そうた》は先導しようと歩き出す。

「待って、蒼汰《そうた》」

「ん？」

「手」

言いながら、乃愛《のあ》が手を繫《つな》いでくる。

そういえば、今日はデートなんだった。だから手を繫《つな》ぐのも当然というわけだ。

「……よし、行くか」

「うんっ」

そうして二人は電車を乗り継いで、都心の方に出る。

休日だからか、相変わらずの人混みをかき分けて進み、歩いて十分ほどで目的のウィッグが売っている店に到着した。

「おぉ〜っ」

広々とした店内に入るなり、乃愛《のあ》が興奮した様子で声を上げる。

色とりどり、多種多様な髪型のウィッグが並ぶ様はまさに圧巻の一言で、蒼汰《そうた》はその眩《まぶ》しさに目がくらむほどだった。

「こりゃあ、すごいな」

「さあ蒼汰《そうた》、キャラクタークリエイトの時間だ」

「はいはい、そんな感じのことを言いたくなる気持ちはわかるけど、店内ではそんなに騒がないようにな」

「むぅ、蒼汰《そうた》は冷静すぎ。ここはもっと驚く場面」

「十分驚いてるっての」

「ならいい」

街中では服装的に浮き気味な乃愛《のあ》だったが、ここであれば割と馴染《なじ》んで見える。

それでもまあ、フードを被《かぶ》っているような客はあまり見かけないが。

「にしても、種類が多いな。同じ赤色ってだけでもこれだけ分けられるものなのか」

ルビーレッド、カーマイン、バーミリオン……赤色一つだけを見ても、両指で数えきれないほどの種類がある。どれも確かに違いがあり、衣装と合わせたときにはトータルの印象が大きく異なってくるのだろう。

そんな風に蒼汰《そうた》は感心したのち、ふと静かになっていた乃愛《のあ》の方を見遣《みや》る。

「……………」

乃愛《のあ》は真剣な表情で、ウィッグの並ぶ棚に向き合っていた。

こうして乃愛《のあ》が何かに没頭する姿は、ゲームのプレイ中などはよく見ることができる。

ただ、それ以外で――それも外の店で見ることができるとは思わなかった。

(こういうのも、乃愛《のあ》なりの青春って言えるのかな)

自分は当日参加をしないイベントにここまで熱を入れるのも不思議な話だが、元々これまでだってトモダチのために頑張ってきた乃愛《のあ》だ。

そのトモダチがいよいよ勝負に出る――蒼汰《そうた》と対面するというのだから、本気になるのもおかしな話じゃないのかもしれない。

だとしたら、相当のお人好《ひとよ》しにも思えるわけだが。

「……なんだか、な」

ぼそりと、蒼汰《そうた》は独り言をこぼしていた。

これまでは蒼汰《そうた》の関わること、もしくはゲームや漫画などの蒼汰《そうた》と一緒にいてもできるインドアな趣味にのみ、乃愛《のあ》は取り組んできた。

それが今、コスプレという新たな趣味に目を向け始めている。

外的要因というか、言ってしまえば蒼汰《そうた》が全く関係せずとも成り立つような趣味の登場によって、蒼汰《そうた》は言い知れぬ感情を抱き始めていた。

一番近いのは、『疎外感』だろうか。それとも『依存心』？　……単純に言えば、『嫉妬』かもしれない。

馬鹿らしい、どれだけ寄りかかっているんだ――と思わなくもない。

（趣味に嫉妬なんかをし始めたら、どうしようもないよな）

視線を、目の前のウィッグに向ける。

そもそもこのコスプレイベントだって、トモダチの話から始まったものだ。大枠を見れば、いつもの延長線上の事柄と言える。

なのに、どうしてこうも胸がざわつくのか。

考えられる理由はいくつかある。蒼汰《そうた》自身が裁縫関連など、主だった作業に参加できていないこと。また、それでいて茜《あかね》ややちよは作業に協力していること。

もしかしたら自分はテスト勉強を理由に、乃愛《のあ》をそういった趣味から遠ざけたかっただけなのかもしれない……なんて、集中する乃愛《のあ》の姿を見ていると、若干飛躍した考えまで浮かぶようになっていた。

そんなとき、

「あの」

蒼汰《そうた》は背後から声をかけられて。振り返ると、女性の店員さんが立っていた。

「えっと、はい？」

「よろしければ、そちらを試着なさいますか？」

蒼汰《そうた》が考え込んでいる最中、視線は主に目の前のウィッグ——赤系統・バーミリオンカラーのマッシュボブに向けていたからだろう。店員さんが気になっていると勘違いしたらしい。

「え、あー……試着、できるんですね」

「はい♪」

ここで断るのも申し訳ないので、せっかくだし試着してみることにした。

「おぉ、これは………見事に似合ってない」

蒼汰《そうた》は鏡を前にウィッグ装着済みの自分の姿を見てみるが、その真っ赤な頭は全くと言っていいほど似合っていなかった。

そこで店員さんがにこやかに言う。

「今日はコスプレ衣装用のお買い物ですか？」

「え、ええ、まあ」

「でしたらメイクなどと合わせると、より馴染《なじ》んで見えると思いますよ」

アドバイスは有《あ》り難《がた》いが、そういう問題なのかと疑いたくなるほどの不格好さだ。

こんな不格好になるウィッグも、メイクや衣装と合わせることで馴染《なじ》むのならば、コスプレというものに人々がハマるのも納得できる気がする。

「なるほど。まあ俺じゃなくて、連れの付き添いなんですけど」

「ふふ、可愛《かわい》いお連れさんですよね」

店員さんも、蒼汰《そうた》の連れが乃愛《のあ》であることは気づいていたのだろう。

こういうところで他者から乃愛《のあ》を褒められると、妙に嬉《うれ》しくなるのはなぜなんだろうか。

（よし、せっかくだから乃愛《のあ》にも見せておくか）

というわけで、ウィッグを試着したまま乃愛《のあ》に近づいていく。

「なあ、乃愛《のあ》」

未《いま》だにウィッグの棚を前に考え込む乃愛《のあ》に声をかけると、乃愛《のあ》はハッとした様子で顔を向けてくる。

「なに、蒼《そう》――ぷっ」

「おい、初見でいきなり吹き出すなよ。傷つくだろ」

「だって……ぷくくっ、変なの。ヴィジュアル系バンドのドラマーみたい」

それはヴィジュアル系バンドのドラマーに失礼な気もするが……ともかく、乃愛《のあ》の目から見ても滑稽だということはわかった。

買う気がないのに被《かぶ》ったままというのも申し訳ないので、ウィッグを外して戻ってくる。

「ところで、そろそろ決まったか？　お目当ての品は」

「あ、うん。おおよそは」

「そうか」

「……なんか、機嫌悪い？　トイレなら奥にあるけど」

乃愛《のあ》にも伝わってしまうぐらい、今の蒼汰《そうた》は余裕がなかったらしい。

ウィッグを被《かぶ》って気分転換をしたつもりだったが、やはりあの不安にも似た気持ちは払拭《ふっしょく》できていなかったようだ。

蒼汰《そうた》は申し訳なさと同時に、このモヤモヤした感情を察してもらえたことに安堵《あんど》する。

「いや、大丈夫だ。乃愛《のあ》も試着とかするか？」

「ううん、もう決めたから平気。じゃあ買ってくる」

なぜか蒼汰《そうた》には見せないように品を隠しながら、乃愛《のあ》はレジの方に向かっていく。

「しっかりしろ、俺」

蒼汰《そうた》は独り言を呟《つぶや》いてから、自らの両頬を軽く叩《たた》いた。

◆◆◆

ちなみにウィッグを見つめている間の乃愛《のあ》は、こんなことを考えていた。

(うーん、コスイベのときにはどう迫ったら、蒼汰《そうた》はほっぺにチューをしてくれるかな)

今回のコスイベで乃愛《のあ》が──トモダチが扮《ふん》するキャラクターのイメージに合致する髪色は見つかった。

ゆえに、コスプレ後の姿もおおよそイメージすることができて、自然と当日のイメトレが開始されたのだ。

（やっぱりキャラに寄せて、積極的な感じでアプローチをかけるとか？）

（ラッキーハプニング的なものを装《よそお》うのもアリかもしれない）

（あーでも、そこはやっぱり『可愛《かわい》い』と思ってチューされたいな。だとしたら待ち一択か）

……などなど、蒼汰《そうた》の悩みとは裏腹に、乃愛《のあ》の頭の中は蒼汰《そうた》への煩悩《ぼんのう》一色なのだった。

◆　◆　◆

店を出てからは、二人の間にギクシャクした空気が生まれていた。

お互いが妙に意識し合っているせいか、どうにも居心地の悪い気まずさがあるのだ。

そんな空気を払拭《ふっしょく》したかったのか、乃愛《のあ》の提案でとある喫茶店に入ることになる。

そこは――

「「「ニャ～」」」

店内に入るなり、数多《あまた》の猫が鳴き声とともにお出迎えしてくれる。

いわゆる、猫カフェだった。

「一度は来たかった、猫カフェだにゃ」

なぜだか乃愛《のあ》まで猫語（？）になっていて、蒼汰《そうた》は自然と笑みを浮かべる。

「初めからここにも来るつもりだったのか？　だからって、自分まで猫耳を付けることはないだろうに」

「私はあまり猫に好かれないから、事前に警戒心を下げておこうと思って」

乃愛《のあ》は猫っぽいところがあるし、同族嫌悪《けんお》というやつだろうか。だとしたら、猫耳パーカーは逆効果な気もするが。

ひとまずドリンクとケーキを注文して、蒼汰《そうた》と乃愛《のあ》は荷物を置く。

「ニャ〜」

すると、さっそく一匹の猫が蒼汰《そうた》のもとにすり寄ってくる。毛並みのいい黒猫だった。

続いて数匹の猫が蒼汰《そうた》の膝の上に乗ったり、じゃれついたりするように群がってくる。どの猫も人懐《ひとなつ》っこくて可愛《かわい》らしく、蒼汰《そうた》はほっこりした気持ちになっていた。

「むぅ……」

だが、乃愛《のあ》のもとには一匹も近づかない。

対抗してなのか、乃愛《のあ》の方からも近づこうとはしなかった。

昔から、乃愛《のあ》は動物に好かれない印象がある。逆に蒼汰《そうた》は動物全般、特に猫には好かれるようなので、猫カフェに寄らずとも猫と触れ合う機会は多かったわけで。

「蒼汰《そうた》、デレデレしすぎ」

「デレデレって……。お前もしかして、猫に嫉妬してるのか？」

「キシャーッ」

「こらこら、威嚇するなって」

「「「「キシャーッ」」」」

対抗してなのか、猫たちが一斉に乃愛《のあ》へと威嚇する。

「う、今回は見逃してやる……」

多勢に無勢、乃愛《のあ》は牙を削《そ》がれたかのようにしゅんとして離れていった。

「ったく、あいつは……。——ごめんな、悪いやつじゃないんだよ。ただちょっと、素直じゃないってだけでさ」

座り込む蒼汰《そうた》に群がる猫たちを撫《な》でながら、囁《ささや》くように言う。

通じないとは思っていても、ついわかってほしくて口にしていた。

「ニャ〜」

すると、最初に寄ってきた黒猫が離れていき、代わりに乃愛《のあ》の膝上へと跳び乗った。

「はにゃっ⁉　もしかして、君は蒼汰《そうた》の生まれ変わり？」

「んなわけあるかよ……」

動揺と喜びでニヤつきが止まらなくなっている乃愛《のあ》を見て、蒼汰《そうた》は微笑《ほほえ》ましい気持ちになる。

猫にだって、気持ちが通じる瞬間があるのかもしれない。

だったら、乃愛《のあ》にだって常に向き合うべきだと思うのだった。

「蒼汰《そうた》、まだやっぱりちょっと変な気がする」

帰りの電車にて。並んで椅子に座れたところで、乃愛《のあ》がむすっとしながら言う。

今日の主目的は買い物だったので、目当ての物が見つかったこととテスト期間ということも考慮して、早めに帰ることになったのだ。

「べつに、そんなんじゃないって」

「じゃあなんで目を合わせてくれないの」

「それは……こうでいいか？」

真《ま》っ直《す》ぐ見つめてやると、乃愛《のあ》の頬がほんのりと赤く染まる。

でも、赤面しているのは蒼汰《そうた》も同じだった。

「いきなりはずるい……」

「えっと、悪い……」

余計にお互い恥ずかしくなって目を逸《そ》らす。

会話がなくなったまま電車に揺られて、しばらくしてから最寄り駅に到着した。

電車を降りて改札を抜けたところで、蒼汰《そうた》は乃愛《のあ》の手を握る。

「あっ」

乃愛《のあ》は嬉《うれ》しそうに微笑《ほほえ》むと、きゅっと握り返してきた。

（やっぱり、乃愛《のあ》とは仲良しでいたいよな）

心地いい胸の鼓動を感じながら、蒼汰《そうた》は口を開く。

「あのさ、多分俺は拗《す》ねていたんだと思う」

「え？」

歩きながら蒼汰《そうた》が言うと、乃愛《のあ》はきょとんとしながら見つめてくる。

「だってさ、俺だけが裁縫とか大変な作業には関われていなくて、一人でセリフとかの練習をするだけでさ。乃愛《のあ》はその間に前よりも茜《あかね》ちゃんと仲良くなっていたりするし」

「そんなことを考えてたんだ」

「ああ、情けないことにな。それに俺と同じように、蚊帳《かや》の外だと思っていた乃愛《のあ》のトモダチまで作業に参加しているって聞いて、なんか疎外感みたいなものを感じたっていうか。こういうの、ガキっぽいよな」

かっこ悪いとは思いつつも、乃愛《のあ》には今の気持ちをありのまま伝えたい気分だった。

「……そんなことはないと思うけど、ちょっと待ってほしい」

「え、ああ」

それからは互いに無言のまま、少し歩いて。

いつもの河川敷《かせんじき》に差し掛かったところで乃愛《のあ》が口を開く。

「蒼汰《そうた》はずるい。いつもは偉そうにお説教してきたりするくせに、こうやってたまに可愛《かわい》くなるからずるい」

「可愛《かわい》いって、男子にとっては基本的に褒め言葉じゃないんだぞ」

「そんなの知らない。私は可愛《かわい》いと思ったから」

そこで乃愛《のあ》が手を離してから河川沿いの斜面に腰を下ろすと、ぽんぽんと隣のスペースを叩《たた》いてみせる。

「隣、座って」

「ああ……」

言われた通りに蒼汰《そうた》が座ったところで、乃愛《のあ》はフードを脱いだ。

そして蒼汰《そうた》は、ふいに抱き寄せられて――

「よしよし」

その言葉通り、頭を抱きしめられてよしよしされていた。

乃愛《のあ》の柔らかな胸の感触に包まれながら頭を撫《な》でられて、蒼汰《そうた》の鼓動は早鐘のように高鳴っていく。

「な、なにしてるんだよ……」

「よしよしをしてる」

「そういうことじゃ、なくてだな……」

馴染《なじ》みのある甘い果物のような香りと、ほんの少しまざった汗の匂い。

乃愛《のあ》の体温がそのまま伝わってくるようで、蒼汰《そうた》は全身が熱くなるのを感じていた。

（できれば、ずっとこのままがいいな……）

ドキドキするのに、妙に居心地がいい。

この不思議な感覚は、何度味わってもすごい充足感があって。

「たまにはこうやって甘えるのも大事。私はいつも、蒼汰《そうた》に甘えてるわけだし」

「自覚はあるんだな」

「うん。だから蒼汰《そうた》も、もっと甘えていいんだよ？」

耳元で囁《ささや》かれる、優しい声。

蒼汰《そうた》は自然と、両手で乃愛《のあ》を抱きしめ返していた。

「柔らかいな。それに温かい」

「女の子だから当たり前。多分だけど」

「それに、乃愛《のあ》って良《い》い匂いがするよな」

「今は汗をかいてるから、あんまりいい匂いじゃないと思うけど」

「俺は好きだぞ、この匂い」

「ちょっと変態チックでやだ。蒼汰《そうた》がかわいくなくなった」

そう言って、乃愛《のあ》がジト目を向けてきながら身体《からだ》を離す。

いくら癒やされて気持ちが緩んでいたとはいえ、言わなくていいことまで口走ったことを蒼《そう》汰《た》は悔やんでしまう。

「そんな顔をしないで。またいつでも甘えていいから」

乃愛《のあ》は慈《いつく》しむような笑顔を向けてきながら、蒼汰《そうた》の頭を撫《な》でる。

いつもとは逆の構図に、蒼汰《そうた》は言い知れぬ満足感を覚えていた。

「乃愛《のあ》って、母性もあったんだな」

「だてにおっぱいが大きいわけじゃない、ってことを証明できたみたいで嬉《うれ》しい」

「その残念発言を聞けて、今は逆にホッとしているぐらいだよ」

乃愛《のあ》は若干ムッとしながらも立ち上がると、蒼汰《そうた》に手を差し出してくる。

「これにて、今回のサービスタイムは終了。また甘えたくなったら、今度は自分から甘えてくること」

「最後ので一気にハードルが上がったな。まあ、頭の隅に置いておくよ」

美味《おい》しい思いはそう簡単にはできないということだろう。でもそれぐらいの方が、たまに味わえたときに大きな満足感を得られるに違いない。

次にあの柔らかくて幸せな感触を味わえるのはいつになるだろうと期待しながら、蒼汰《そうた》はその手を取って立ち上がる。

「わっ」

「おっと」

斜面に立っていたこともあり、バランスを崩した乃愛《のあ》を抱きとめる。

先ほどまでは母性を感じさせていた乃愛《のあ》だが、こうやって腕の中に収めてしまえば、やっぱり小柄で可愛《かわい》らしい女の子だった。

「大丈夫か？」

「う、うん、平気」

「そっか」

お返しに、よしよしと頭を撫《な》でてから身体《からだ》を離す。

すると、なぜだか乃愛《のあ》はむすっとした顔をしていた。

「なんか文句がありそうだな」

「当たり前。今みたいにやり返してくるところはかわいくない。拗《す》ねちゃうよりも、そういうところの方がよっぽどガキっぽいと思う」

言いながら、あっかんベーをしてくる乃愛《のあ》。

その顔が真っ赤に染まっていることから、やり返しは成功したらしい。

「はいはい、悪かったよ。ほら帰ろうか」

「ムカつくムカつくムカつく……」

「いてて、脇腹をつねるなって」

夕暮れ時の河川敷《かせんじき》。

並んで伸びる影法師は時折くっついて、また少しだけ離れてを繰り返していた。

第四章【ヒミツ】女はミステリアスなくらいがイイ

子供の頃。

乃愛《のあ》には欲しいものがたくさんあった。

魔法少女のステッキに、大きなショートケーキ、お絵描き用のクレヨンセット……。

でも一番欲しいものは、いつも一緒にいる蒼汰《そうた》からの褒め言葉だった。

「おれはさー、ベルトがほしいんだよ。仮面レンジャードラゴンのやつ！」

小学生になったばかりのクリスマス間近、蒼汰《そうた》はキラキラした顔でそう語っていた。

だから乃愛《のあ》も負けじと、そのときハマっていたものを口にする。

「わたしはね、魔剣ティルヴィングがほしい」

「へー、やっぱノアはすげえな。変身したおれも負けそうだわ」

「えへへ～、すごいでしょお～」

みんなの前では決して見せない笑顔も、蒼汰《そうた》に褒められるだけで簡単に見せてしまう。

このときから乃愛《のあ》は、蒼汰《そうた》といるだけで楽しくて仕方がなかった。

そして、その年のクリスマス。

目が覚めたとき、枕元に置いてあった箱の中身を見た乃愛《のあ》は泣いた。

「魔剣ティルヴィングじゃなぁいぃ～～～っ」

サンタさんからのプレゼントは、変な猫のぬいぐるみだった。

たしかこれは、ニャラム三世とかいうマスコットキャラのぬいぐるみだ。乃愛《のあ》が欲しがった魔剣ティルヴィングが活躍するデモンブレイダーシリーズ、それに出てきたのは覚えている。

でも、これじゃない。

これじゃ、蒼汰《そうた》には褒めてもらえない。

本当は漆黒の長剣を見せたくて、また『やっぱノアはすげえな』と言ってほしかったのに。

「うぇぇ～～～んっ」

朝はひとしきり泣いて両親を困らせ、昼頃になると、猫のぬいぐるみを腕に抱えながら蒼汰《そうた》との待ち合わせ場所に向かう。

クリスマスプレゼントを見せ合おうと、事前に約束していたのである。

「……ひっ……ひぐっ……」

乃愛《のあ》は嗚咽《おえつ》を漏らしながら近くの公園に向かうと、滑り台の上でベルトを巻いた蒼汰《そうた》が、ドヤ顔で立っているのが見えた。

一瞬、足がすくむのがわかった。こんなただ可愛《かわい》いだけのぬいぐるみじゃ、蒼汰《そうた》をがっかりさせると思ったからだ。

「はっくしょん!」

冬なのに短パンの蒼汰《そうた》がくしゃみをしたのを見て、乃愛《のあ》は覚悟を決めて踏み出す。

こちらに気づいた蒼汰《そうた》が滑り台から下りて近づいてきた。

「よう」

「……ひっ、ひっ……ひぐっ……う、うぅっ……」

蒼汰《そうた》を目の前にしたら、また涙が溢《あふ》れてきてしまった。

嫌われたくない、という気持ちでいっぱいになって話せなくなってしまう。

「おまえのプレゼントって、そいつか?」

蒼汰《そうた》がぬいぐるみを指差して尋ねてくる。

こくり、と乃愛《のあ》はかろうじて頷《うなず》いた。

すると、蒼汰《そうた》は——

「おまえ……——すげえじゃん!　ついにケンゾクってやつを呼んだのか!」

「ふぇ……?」

「言ってただろ、いつか……なんだっけ、うちのケーヤクをなんとかって」

「血の契約?」

「それそれ。いいなぁ、おれも子分がほしくなってきたぜ!」

心の底から羨ましそうに目を輝かせる蒼汰《そうた》を見て、乃愛《のあ》の表情は自然と明るくなっていく。

「……フッ、そのとおり。よろこびのあまり、わたしはうれし泣きしてしまったのだ」

「じゃあさ、おれのも見てくれよ！　ドラゴン変身――ッ！」

「わぁ、かっこいい！」

「だろー？　イカすぜ！」

「わたしのニャラムもイカすもん！」

「じゃあ勝負だ！」

「うんっ」


――


「……ん」

夕日が照らす室内で、乃愛《のあ》は目を覚ました。

辺りを見回して気づいたが、そこは被服室だった。どうやら衣装製作の途中で眠ってしまっていたらしい。

周囲には布類が散乱していて、片付けることを想像するだけで気が滅入《めい》りそうになる。

「蒼汰《そうた》に会いたい」

室内には自分一人だからか、自然と本音を呟《つぶや》いていた。

先ほどまで、夢を見ていた気がする。おそらくは蒼汰《そうた》と過ごした幸せな夢を。だからか、すごく寂しい気持ちになっている。

ふと、壁に立てかけられた漆黒の長剣——魔剣ティルヴィングのレプリカが目に入った。対象年齢十五歳以上の長物であるソレは、衣装と合わせてみようとわざわざ持参したものだ。

「うん、やっぱりかっこいい」

鑑賞用に買ったソレをひと振るいしたのち、散らばったものの片付けに入った。

「蒼汰《そうた》、まだ残っているといいけど」

乃愛《のあ》が片付けを終えて被服室を出る頃には、下校時間が迫る頃合いになっていた。

今日は週明けの月曜日。中間テスト開始の二日前であることは、乃愛《のあ》も認識している。

「まあ、テストのことはいいんだ」

蒼汰《そうた》をあまり心配させないこと、それにご褒美《ほうび》を貰《もら》うことは当然として。

今重要なのは、やはり蒼汰《そうた》とのコスイベを成功させ——キスをしてもらうことである。

「あれ？」

廊下を歩いている最中に窓の外を見ると、遠くに雨雲らしきものが広がっていることに気づいた。

これは一雨来そうだと思いながら、自分たちの教室に向かっていると、

「あははっ、ありがとうございまーす」

教室から、最近聞き慣れてきた笑い声がした。

どうやら茜《あかね》が教室にいるらしい。そしてこの感じだと、蒼汰《そうた》もいるのだろう。

ちらと室内を覗《のぞ》き込むと、蒼汰《そうた》と茜《あかね》が楽しそうに話していた。

(悔しいけど、お似合いに見える……)

蒼汰《そうた》を諦めるつもりも譲るつもりもない。

それでも今は、邪魔をするつもりにもなれなかった。

(多分、茜《あかね》は……私たちと、同じ中学出身のはず)

記憶力には自信がある。興味はなかったのですぐにはピンとこなかったが、茜《あかね》のすっぴんは中学時代にときどき蒼汰《そうた》の周りをうろついていた後輩女子の顔とそっくりだった。

つまり茜《あかね》は蒼汰《そうた》を一途《いちず》に想《おも》いながらも、今回は乃愛《のあ》の思いつきに協力してくれたのだ。

茜《あかね》が同じ中学出身であることを口にしないことには、何か理由があるのだろう。そこに乃愛《のあ》が介入する気はなかった。

(雨が降る前に、終わるといいな)

窓の外を気にしながら、乃愛《のあ》は教室を離れていく。

もうすぐ下校時間になる。そうなれば、蒼汰《そうた》がメッセを送るなり、被服室まで迎えにくるなりしてくれるだろう。

(それまでは、束《つか》の間《ま》の幸せを噛《か》み締《し》めればいい)

なんて強がりを心の中で告げて、乃愛《のあ》は小走りに駆けていった。

◆◆◆

——少し時は遡って。

放課後。乃愛《のあ》が被服室で作業をしている間、蒼汰《そうた》は教室で一人、試験対策用の問題集を作成していた。

問題集、といってもただの問題集ではない。

一夜漬けで出来てしまう、乃愛《のあ》専用の山張り問題集である。

テスト二日前の放課後になっても被服室にこもっているくらいだ、きっとろくに勉強なんかはしていないんだろう……という悲しい予想のもと、蒼汰《そうた》はコツコツと全教科分の問題集を作成していた。

「あー、やっぱりここにいたー」

日も暮れてきた頃、茜《あかね》がひょっこりと顔を出した。

「あれ？　茜《あかね》ちゃんも学校に残っていたのか」

「ですですー、ちょっと図書室で自習してましたー」

さすがにテスト二日前になったので、乃愛《のあ》は一人で作業をすると言い出したのだ。よって、茜《あかね》もやちよもお役御免となっていた。

「そうなのか、おつかれ。なんか雨が降りそうだし、早めに帰った方がいいぞ」

「えー、そう邪険にしないでくださいよー。せっかく差し入れも持ってきたのにー」

言いながら、茜《あかね》が蒼汰《そうた》の前の席に腰かけてくる。

そして机の上に、ブラックコーヒーの缶を二本載せた。

「お、さんきゅー。差し入れってことは、お代はいいのか？」

「もっちろんですよー。あたしの奢《おご》りです」

ドヤ顔の後輩もやっぱり可愛《かわい》い。

「――ん～、この苦味がたまんないんですよね～」

「わかる。やっぱり集中するときはブラックだよな」

二人でうんうん言いながらブラックコーヒーを嗜《たしな》む。

茜《あかね》のようなギャル風女子とブラックコーヒーの組み合わせは、相変わらず妙なギャップを感じさせるが、これはこれで良《い》いものだと蒼汰《そうた》は思った。

「てゆうか～、蒼汰《そうた》センパイも勉強してたんですね？　てっきりまた恥ずかしいセリフを叫んでいるのかと思ってました」

「恥ずかしいセリフって……確かにその通りだったけどさ」

「あれ？　でもこれ、どうして注意書きみたいな文章が入ってるんです？　ていうか、もしかして自作の問題集ですか？」

「当たり。今回のテスト、乃愛《のあ》が結構やばそうでさ、こういう注意書きみたいなのを入れてお
くと興味を示してくれるから、特に山張り用なんかには入れるようにしてるんだ」

「へぇ～、相変わらずですね～」

意味深に微笑《ほほえ》む茜《あかね》。

言わんとしていることは蒼汰《そうた》にもわかる。

「はいはい、どうせ俺は過保護ですよ」

「あはは、拗《す》ねないでくださいよー。それでこそ蒼汰《そうた》センパイって感じですし」

からかわれてばかりなのも癪《しゃく》なので、蒼汰《そうた》は思いついたことを言う。

「そういう茜《あかね》ちゃんは、コスプレが趣味だったなんて意外だったぞ。この前のカラオケだって
アニソンが多かったし、ギャップの塊じゃないか」

「えー、そうですかー？　あたし的には、全然なるべくしてなったって感じなんですけどー」

「ん、どういう意味だ？」

茜《あかね》は言うべきかどうか逡巡《しゅんじゅん》したのち、うんと頷《うなず》いてから口を開く。

「あたしって、昔から自分のことがあんまり好きじゃなくて。でも変わるキッカケもなくて、
なあなあに過ごしていたんですけど、あるときそういうキッカケを与えてくれた人がいたんで
すよ～」

気のせいか、ちらと蒼汰《そうた》を見た後に視線を外す。

「んで、昔の自分から変わる努力をし続けてきたっていうか。だから、自分じゃない何かに変われるコスプレは、あたし的には相性がばっちりだったんです。コスプレに行き着いたのだって、メイクを上手《うま》くなる練習の一環だったりしますし」

「へぇ、そうだったのか。何事も、一朝一夕にできたりはしないよな」

蒼汰《そうた》だって、初めから成績がよかったわけじゃない。

自分に合った勉強法を模索したのち、効率的な勉強のスタンスを築き、今のスタイルが確立された。勉強法を確立するまでは努力に見合わない得点の伸び方だったりで、落ち込んだこともある。

「そうだ、あたしのコス画像見ます？　ＳＮＳにはアップしてないちょっとえっちなやつもありますけど」

「普通のやつを見せてくれ。それだったら見たい」

本当はえっちなやつの方が気になったが、なけなしの理性を働かせてみた。

「はーい。じゃあ、最近撮ったお気に入りのやつを見せてあげますね」

茜《あかね》が見せてきた画像には、クールな黒髪ボブの女性が写っていた。大人っぽい雰囲気で、和装とブーツを合わせた斬新とも思える恰好《かっこう》をしている。

「えっと……？　これは、茜《あかね》ちゃんのお姉さんとか？」

「いやいや、正真正銘あたし自身ですって。太もものほくろ、同じ位置にありますし」

「え？　でも……」

胸がとんでもなくデカい。それに心なしか、身長も高く見えるような気がする。

「ちなみにこれ、加工アプリは使ってないですよ。胸はパッドで盛ってから寄せて、足も厚底ブーツを履いているんです。スタジオで撮っているんで、光の加減なんかで影を上手《うま》く使って小顔なんかにも見せたりして。この前の連休中に撮ったやつなんですけどねー」

「なんだか、恐ろしい技術だな……どう見ても別人にしか思えないぞ、これ」

「あははっ、ありがとうございまーす」

予想を超える本格的な出来栄《できば》えに、蒼汰《そうた》は少々気圧《けお》されているくらいだった。

確かにこの技術力であれば、カラフルなウィッグだって難なく組み合わせることができるかもしれない。

（もしかして、茜《あかね》ちゃんはその道のプロだったりするのか……？）

蒼汰《そうた》がそう思うくらいには、圧巻のクオリティであった。

「これが茜《あかね》ちゃんの努力の賜物《たまもの》だとしたら、そのきっかけになった人は偉大だな」

「そうなんですよー！　もう超やばくって～！」

なんだろう、全力でノロけられているような気がする。

でもなぜだか、悪い気はしない。

「それで今度は、茜《あかね》ちゃんが乃愛《のあ》のそういうきっかけになったんだな」

「え？」

きょとんとしてみせる茜《あかね》に、蒼汰《そうた》は微笑《ほほえ》みながら言う。

「だってそうだろ？　茜《あかね》ちゃんみたいなすごい人に協力してもらって、乃愛《のあ》はコスプレ衣装の製作ができているんだ。これは良《い》い経験になると思う」

「は、はあ……？」

「それにあんな風に熱中している乃愛《のあ》を見る機会ってそんなにないし、多分茜《あかね》ちゃんには感謝していると思うんだよな」

「そういうものですかね……。まあでも、蒼汰《そうた》センパイだってすごいですよ」

「俺が？」

今度は蒼汰《そうた》がきょとんとする番だった。

「だってまた、あたしの世界を広げてくれましたから」

（今、『また』って――）

蒼汰《そうた》がそこまで考えたところで、茜《あかね》はひょいっと席を立つ。

「さーて、そろそろ帰りません？　もう下校時間になっちゃいますよ」

「だな。乃愛《のあ》にもメッセを送るか」

と、茜《あかね》は窓の外を眺めたかと思えば、

「あ、雨降ってきてる。やば～、あたし傘ないんですよね～、チラ」

とてもわざとらしい仕草に、蒼汰《そうた》は苦笑しながらも言う。

「それなら、俺の折りたたみ傘を使うか？　乃愛《のあ》も持ってきているだろうし、俺はそっちに入るよ」

「いやいやいや、蒼汰《そうた》センパイひどいですよ！　ここは『俺と相合傘をしようぜ？』って言うところじゃないですか！　もちろん、藤白《ふじしろ》センパイじゃなくてあたしにですよ！」

「あはは……それだと面倒なことになりそうなんだよな」

「とりあえず、昇降口に行ってましょ？　蒼汰《そうた》センパイが全然優しくないので、あたしは藤白《ふじしろ》センパイがあえて傘を持ってきていない可能性に賭けます」

「なんだそれ……。朝に天気予報ぐらい見てるはずだぞ？　ばあちゃんだって持たせるだろうし」

なんて会話をしながら、乃愛《のあ》にメッセを送って昇降口に向かったのだが。

「フッ、傘はあえて忘れてきた――あいたっ⁉」

昇降口を出た先で待っていた乃愛《のあ》がドヤ顔で言うものだから、イラッとした蒼汰《そうた》はチョップをお見舞いしていた。

「でもほら、傘袋みたいな物を持ってるじゃないか。その中には何が入ってるんだよ？」

「よくぞ聞いてくれた、この中には魔剣ティルヴィングが――あいたっ⁉」

聞かなきゃよかった……と蒼汰《そうた》は落胆していた。

茜《あかね》が静かにガッツポーズを決めているのも、なんだか気に食わない。

まだ雨はそれほど強くないが、傘なしで移動するのには少し抵抗を覚えるくらいである。ここは職員室で予備の傘を借りてくるべきだろうか。

――ビューッ！

「「きゃっ」」

そこで突風が吹き、乃愛《のあ》と茜《あかね》がスカートを押さえた。

あまりにも強い風だったので、一瞬だけ乃愛《のあ》の白と茜《あかね》のピンクが見えたような気がしたが、蒼汰《そうた》は気づいていないフリをした。……周囲に他の生徒の姿がなかったのは幸いである。

「センパイ、今見ましたよね？」

「み、見てないぞ」

「茜《あかね》のヒョウ柄を見るなんて蒼汰《そうた》はえっち」

「いや変な嘘《うそ》を――じゃなかった、なんでもない」

もはや今ので自白をしたようなものだが、蒼汰《そうた》はしらを切り通すほかない。

「まあいいですけどね～、蒼汰《そうた》センパイ以外には見られていないみたいですし」

「私も見た。茜《あかね》はピンクのレースってキャラじゃないはず」

「い、いいじゃないですか！　心はいつだって乙女なんですからっ。そっちだって、お腹《なか》の中は真っ黒なくせに白パンティなんて穿《は》いちゃってるくせに！」

「わ、私は、苗字《みょうじ》にも白って入ってるから！　そっちよりも理由付けがしっかりしてる」

「ふ、二人とも、そんな辺にしとこう。な？」

じつは蒼汰《そうた》が一番気まずいので、仲裁に入る。一度見られたからといって、堂々と下着の話をされるのも困り物だった。

「……ぷっ。でもまあ、お子様パンツでしたね」

「ち、ちがっ、今日はたまたま――」

「えっと、ひとまず俺は職員室で予備の傘を借りてくるかな」

ちょうど良《い》い口実とともに蒼汰《そうた》はフェードアウトしようとしたのだが、なぜだか蒼汰《そうた》の腕が両サイドからホールドされる。

「お、おい、なんのつもりだ二人とも」

「いや～、蒼汰《そうた》センパイは観念してあたしたち二人と相合傘をするべきだと思うんですよー」

「誠に遺憾だけど同意する。今回だけは茜《あかね》の参加も認めるから、蒼汰《そうた》も覚悟を決めて」

「こういうときだけは連携を取るんだよなぁ……」

女子の結束というものは、なんとも理解し難《がた》いものである。

とはいえ、こうなっては仕方ない。蒼汰《そうた》も覚悟とやらを決めて、女子二人にしがみつかれながら傘を差して歩き出す。

小さな折りたたみ傘の中に高校生三人はさすがに狭い。蒼汰《そうた》が真ん中になっているせいで、乃愛《のあ》と茜《あかね》の肩はほとんど傘からはみ出していた。

それに茜《あかね》は駅まで送ればいいだろうと思っていたのだが、雨は予想以上に勢いを増して——

ザーッ！

「「「うわぁっ⁉」」」

突如、雨が洪水かのような勢いに様変わりする。

この豪雨に加えて強風が吹きつけるせいで、折りたたみ傘なんかが保つはずもなく。

「走れーっ」

蒼汰《そうた》の号令のもと、三人はびしょ濡《ぬ》れ状態で走る。

なんとか近くのコンビニの軒下に入り、三人で雨宿りをすることに。

「ったく、傘がぶっ壊れたぞ……」

「最悪……」

「あはは、びしょ濡《ぬ》れですねー。にわか雨でしょうか」

三人とも髪や制服がびしょ濡《ぬ》れになっていて、ひどい有り様である。

何より乃愛《のあ》と茜《あかね》は透けて下着が見えてしまっていたので、蒼汰《そうた》は慌ててタオルを取り出し、それから自分のワイシャツも脱いだ。

「えっと、これを二人で使っていろいろ隠しといてくれ。俺は中でなんか買ってくるから」

「あ、はい、どうもです」

「蒼汰《そうた》」

だが、渡そうとしたところで乃愛《のあ》の両手に顔面をロックされてしまう。

間近に乃愛《のあ》の顔が迫り、今にも唇が触れてしまいそうな状況になっていた。

「お、おい、なにして……」

「動かないで。なにも見ないで」

「って、言ってもな……」

水も滴《したた》る良《い》い女、とはこのことだろう。乃愛《のあ》の額に張りつく前髪すらも、妙に色っぽく見えた。

そして乃愛《のあ》は、茜《あかね》の方を向いて言う。

「コードネーム、ゲジゲジ。茜《あかね》は後ろを向いておくこと」

「――ッ！　了解です」

「よし、ひとまずオーケー。――蒼汰《そうた》、行ってよし」

そこで蒼汰《そうた》は顔面ロックから解放される。何やらよくわからないが、ひとまず店内で追加のタオルやらを購入した。やはりにわか雨だったようで、すでに雨は止《や》んでいたのでビニール傘は買わずに済んだ。

蒼汰《そうた》が店の外に戻ると、タオルなどを使って乃愛《のあ》と茜《あかね》の制服濡《ぬ》れ透け問題は諸々《もろもろ》解決したが、茜《あかね》が顔を隠したままなのが気になった。

「茜《あかね》ちゃん、どうかしたのか？」

「いえ、その、すみません……」

「蒼汰《そうた》、茜《あかね》はコンビニに寄っていくみたいだから、私たちは先に帰ろ」

と、ここで蒼汰《そうた》もさすがに察した。

茜《あかね》は多分、メイクを直す必要がある状態になっているのだと。

「ああ、わかった。──それじゃあ茜《あかね》ちゃん、またな」

「はい、またです……。藤白《ふじしろ》センパイも、ありがとうございました」

茜《あかね》からお礼を言われて、乃愛《のあ》は小さく頷《うなず》いた。

こういうところに気《き》が利く辺り、やっぱり乃愛《のあ》も女の子なのだと、蒼汰《そうた》は少しズレた感心をしていた。

◇

翌日。

いよいよテスト前日ともなると、校内の雰囲気はどこか殺伐としたものになる。

そんな中でも、普段通りに振るまう者もいて。

「でさ、監督ったら『テスト期間でも握力トレーニングは欠かすなよー』とか言うのよ？　そこまで脳筋になる気はないって答えといたけど」

「やっちゃんってば、さっすが〜。うちも親に『勉強するくらいなら丸刈りにするわ！』って言ってやりたいわー」

「いやいや、あんたのサボりと一緒にされても困るっての」

「それもそっか」

「「あははははっ」」

二限目が終わった後の休み時間にやちよと、普段あまり学校に来ないギャル風の女子生徒が談笑している。

こういった普通の会話が室内の重苦しい空気を和らげてくれたりもするので、案外助かる者もいるのだ。

（くらっしーの気遣いはさすがだな。それに比べて、俺の隣は……）

蒼汰《そうた》がちらと隣を見遣《みや》ると、机に突っ伏している乃愛《のあ》の姿があった。

「……すぴー……すぅ……すぅ……」

爆睡である。

ついでに言えば、前の時間の授業中も爆睡であった。

何度か揺り起こしたりもしたのだが、すぐに寝てしまうのだ。

それほどまでに、根を詰めて勉強を……──

「してる、ってわけじゃないんだろうなぁ」

思わずぼやいてしまう。

おそらく乃愛《のあ》は、ここ数日もずっとコスプレ衣装の製作に熱中しているのだろう。

乃愛《のあ》が何かに熱中しているのは素直に嬉《うれ》しい。ただ、そこに自分が積極的に携われないことにもどかしさを感じてしまう気持ちもまた、蒼汰《そうた》の本心である。

（過保護ってよりも、俺が依存しがちになっているだけなんだよな）

自立というものとは少し違うだろうが、乃愛《のあ》が自主的に活動することは応援するべきだと思っている。

これがテスト期間じゃなければ、もう少し素直に応援ができたのかもしれないが。

「んん～」

突っ伏していた顔が、僅かにこちらを向く。

愛らしい寝顔だが、そろそろ予鈴が鳴るので起こすとしよう。

「ほら、もう授業が始まるぞ」

「すぴぃ――……」

普通に言っても起きそうにないので、鼻をつまんでみる。

「ふぎゅっ⁉　——寝てないっ」

身体《からだ》をビクつかせた乃愛《のあ》は、寝ぼけた様子で声を上げる。

「いや、思いっきり寝てただろ」

「なんだ、蒼汰《そうた》か。先生に起こされたのかと思った」

「なおさら嘘《うそ》はダメだろ……」

キーンコーンカーンコーン、とそこで予鈴が鳴る。

「ふわぁ～……眠い」

「どんだけ遅くまで作業してたんだよ」

「朝七時。徹夜した」

「あのなぁ、勉強はしたのか？」

「…………した」

今の間は絶対してないやつだ。それにどこか後ろめたそうに顔を背けている。

「もう明日からテスト本番なんだぞ？　今日くらいはちゃんと寝ろよな」

「んー、じゃあおやすみ」

「授業中は寝るなっ」

ほっぺたをつねると、乃愛《のあ》がイヤイヤをするように顔を歪《ゆが》める。

でもなんだろう、寝起きのせいか乃愛《のあ》のほっぺが少し熱い気がした。

それに心なしか、顔も少し赤いように思える。

「おでこ触るぞ？」

「んにゃ〜」

ぼんやりした乃愛《のあ》のおでこに触れると、僅かに熱があった。

いつもとは違うから、きっと微熱ぐらいはあるだろう。

「蒼汰《そうた》の手はひんやり、気持ちいい……」

「乃愛《のあ》、立てるか？　立てないならおぶるけど」

「立てる。みんなの前でおんぶはやだ」

「よし。──くらっしー、悪いけどちょっと保健室行ってくる」

「え、ああ、了解。先生には伝えとく」

というわけで、乃愛《のあ》の手を引きながら保健室に向かった。


──ピピピピッ。


「三十七度一分、微熱ね」

乃愛《のあ》が使った体温計を確認して、養護教諭が伝えてくれる。

「明日には下がりますかね？」

「薬を飲んで安静にしていれば、下がるでしょう。昨日の雨に濡《ぬ》れたって話だし、ちょっと寝不足気味みたいだから、身体《からだ》が弱っていたのね。――ほら、授業は始まっているから、瀬高《せだか》君はもう戻りなさい」

「あの、乃愛《のあ》の家の人は来られないかもなので、早退するにせよ、帰りは俺が送っていきますんで。多分ですが、タクシーを呼ぶと思います」

「そう、わかったわ。こっちからも直接伝えるか、場合によっては放送で呼び出すから」

「はい、お願いします。――乃愛《のあ》、早退するときはできるだけ俺に連絡を入れてくれよ？」

「うん」

「それじゃ」

心配な気持ちはあるが、ここに蒼汰《そうた》が残っても何もしてやれない。

なので、ひとまず蒼汰《そうた》は教室に戻るのだった。

◆◆◆

乃愛《のあ》はぼんやりした意識の中、離れていく蒼汰《そうた》の背中を見送る。

「蒼汰《そうた》……」

「ほら、藤白《ふじしろ》さん。とりあえず横になりましょう」

養護教諭に言われるまま、乃愛《のあ》はベッドに入る。

見慣れぬ白い天井と、消毒液のような香りが鼻について、安眠はできる気がしなかった。

「蒼汰《そうた》は？」

乃愛《のあ》がぼんやりと尋ねると、養護教諭の女性は苦笑して言う。

「瀬高《せだか》君なら、教室に戻ったわよ。また帰るときには迎えにくるわ」

「そう……」

「すごく心配そうにしていたから、早く元気な顔を見せてあげたいわね」

「うん……」

蒼汰《そうた》のことを考えていたら、徐々に気持ちが落ち着いてきた。

そして同時に、緩やかな眠気がやってくる。

「……そう、た……」

そのまま、乃愛《のあ》は眠りに落ちていった——。


——


「……ん」

目が覚めると、白い天井が視界に映る。寝る前とは違って、ほのかなオレンジ色に照らされていることから、おそらく夕方頃なのだろう。

まだ少し身体《からだ》がだるいものの、起き上がってカーテンを開けると、室内のソファに蒼汰《そうた》が座って勉強をしていた。

「お、起きたのか」

「蒼汰《そうた》、いたんだ」

「放課後になったからな。体調はどうだ？」

「うん、そこそこ回復」

養護教諭の姿はないので、棚の中から体温計を取り出して使う。

数分ほどで計測が終わると、熱は三十六度台の後半まで下がっていた。

「お、下がったな」

知らぬ間に蒼汰《そうた》が隣で体温計を覗《のぞ》き込んでいて、胸の辺りがとくんと跳ねる。

「平熱が低いから、まだこの体温でもちょっとツラい」

言いながら、乃愛《のあ》は蒼汰《そうた》に寄りかかった。

本当はだいぶ回復しているが、なんだか寂しくてこうしたくなったのだ。

「そうだな、あんまり無理はするんじゃないぞ」

「うん」

頭を撫《な》でながら、蒼汰《そうた》が優しく微笑《ほほえ》んでくる。

（あう～、蒼汰《そうた》しゅきぃ～）

微熱のせいか好きの気持ちが溢《あふ》れだして、ついすりすりと頬をこすりつけてしまう。

「はは、甘えん坊め」

蒼汰《そうた》も満更でもないのか、嬉《うれ》しそうに抱きしめてくれる。

――ガラーッ。

「あなたたち、ここはそういう場所じゃないわよー」

この時間が幸せだったのに、入室してきた養護教諭の介入によって終わりを迎えた。

蒼汰《そうた》は恥ずかしそうに「すみません……」と謝っている。

「蒼汰《そうた》、帰ろう。先生ありがとうございました、さようなら」

「あ、ああ。先生、ありがとうございました。さようなら」

「はい、さよなら。気をつけるのよー」

養護教諭の苦笑を受けながら、二人して保健室を出る。

その間も乃愛《のあ》が蒼汰《そうた》の腕にしがみついたままなのだから、苦笑いされるのも仕方がないわけだが。

下駄《げた》箱で靴を履き替えたところでスマホを確認すると、茜《あかね》から心配する旨《むね》のメッセが届いていた。蒼汰《そうた》かやちよ辺りに聞いたのだろう。

昨日も帰宅後には、茜《あかね》から感謝する旨《むね》のメッセが届いていた。コードネーム・ゲジゲジ――付《つ》け睫毛《まつげ》が取れていることを指すネーミングへの文句も添えられていたが。

（手伝ってくれた茜《あかね》のためにも、やっちゃんのためにも、私は大成功を収めねばならない）

コスイベ参戦は前提条件として、最終目的があるのだ。

大成功が指すものはやはり——蒼汰《そうた》への頰キス、もしくは蒼汰《そうた》からの頰キスである。

今も蒼汰《そうた》の腕にしがみついているが、いきなりキスをするのは心的ハードルが高い。こういうのはムードや勢い、タイミングが上手《うま》く合致しないと難しいのだ。

ゆえに、トモダチ＋コスプレという名の仮初《かりそめ》の姿を借りることにした。

この作戦が成功した暁には、きっと二人の関係も一歩踏み込んだものになっているだろうと思う。

「フッ」

「どうした？　いきなり笑い出して」

「なんでもない。そろそろ本懐を遂げるときが近づいてきたと思っただけ」

「あー、明日からテストだもんな」

「そういうことじゃなくて」

「わかってるって。コスイベのことだろ」

「蒼汰《そうた》はいじわるだ」

「俺も楽しみにしてるからな。乃愛《のあ》が作ってくれる衣装を着るのをさ」

「うん。……それなら、ちょうど今夜——」

「え？」

「いや、なんでもない」

危ない危ない。確定していない情報を漏らすところだった。

やはり蒼汰《そうた》から期待されているのは素直に嬉《うれ》しいものだ。俄然《がぜん》やる気が出てくる。

「ちなみに、わかっているとは思うけど無理はするなよ？」

「うん」

「これも衣装製作のことだからな？」

「……うん」

「なんで今ちょっと間があったんだよ……」

そんなこんなで、いつもの分かれ道に到着した。

蒼汰《そうた》は家に寄っていこうかと心配そうに言ってきたが、やんわりとお断りして帰路に就く。

（なにせ、私にはやるべきことがあるのだから！）

乃愛《のあ》はそうして一人、ほくそ笑んでいた。

◆　◆　◆

その夜。

――ブーッ、ブーッ……。

乃愛《のあ》から通話の着信があった。

「――もしもし？」

『もしもし、蒼汰《そうた》？　今って平気？』

「ああ、大丈夫だぞ。どうかしたか？」

テスト勉強をやっていて、わからないところでもあったのか……いや、この感じは違う気がする。これは――

『衣装ができた。まだ蒼汰《そうた》のぶんだけなんだけど』

「お、おう」

幼馴染《おさななじみ》の直感でそんなことじゃないかと思ったが、こういうときまで的中されると悲しくなる。乃愛《のあ》にとってはやはり、病み上がりなどは関係ないのだろう。

明日はテスト本番。しかもその前夜だ。乃愛《のあ》には山張り問題集を渡したが、それすらやらないのであれば手の打ちようがない。

でも一応、蒼汰《そうた》は言っておくのだ。

「よかったな、おめでとう。それじゃ、あとの時間は勉強を頑張れるよな？」

『そういうわけにはいかない、蒼汰《そうた》には試着をしてもらいたいの。修正が必要な箇所があるかもしれないし、多分どうしても誤差みたいなものは生まれるから』

「それ、テストが終わってからじゃダメなのか？」

『イベント開催は土曜に行われる。そして三日間ある中間テストの最終日は金曜日。……ゆえに、現段階で手を打っておかなければ手遅れになる可能性がある』

「なるほどな……それで、今から試着をしてほしいと」

『うん』

「……わかったよ。俺がそっちまで行けばいいんだよな？」

『話が早くて助かる。持つべきものは理解ある幼馴染《おさななじみ》』

「こういうときだけヨイショするんだもんな。まあいいや、五分くらいで行くよ」

『お待ちしている』

そうして蒼汰《そうた》は部屋着のまま自転車に乗り、乃愛《のあ》の家までかっ飛ばす。

夜風を浴びながら自転車を漕《こ》いでいると、テスト前夜に自分はなにをやっているのかという罪悪感と、束《つか》の間《ま》の解放感を同時に味わうという妙な感覚を覚えた。

乃愛《のあ》の家の前に着くなり、メッセを送ろうとしたところで戸が開く。

「ようこそ。おばあちゃん風に言うなら、おかえりなさい」

窓から見ていたのか、すぐに出迎えてくれたのは嬉《うれ》しい。

「お邪魔するぞ」

「…………」

「……ただいま」

「うん、おかえり」

なんだこのやりとりは……と気恥ずかしくなりながらも、蒼汰《そうた》は家に上がる。

どうやら乃愛《のあ》の祖母はもう就寝しているらしく、蒼汰《そうた》は足音を立てないように気をつけながら、乃愛《のあ》の部屋へと入った。

「おぉ……」

入るなり、テーブルの上に広げられていた純白の軍服風衣装が目に入ってくる。

ところどころに赤や金の装飾が施されており、聖騎士ブライトのイメージにぐっと近づいているのが蒼汰《そうた》にもわかった。

加えて目を引くのは、壁に立てかけられた剣——白い魔剣レーヴァテインである。造形ボードと呼ばれるものから作った代物で、意匠も凝っていて凄《すさ》まじい完成度だ。

「すごいな、これを乃愛《のあ》が作ったのか?」

「うん。茜《あかね》とやっちゃんに協力してもらえたおかげ。イベント当日は模造の武器を振ったりするのは基本NGみたいだから、鞘《さや》に入れて腰にぶら下げるだけになると思うけど」

「なるほどな。——んじゃ、俺はこれに着替えればいいんだな」

「そう。私は部屋の外にいるから、着替え終わったら言って」

そう言い残して、乃愛《のあ》は部屋の外に出る。

「着替えるのが大変そうだけど……まあ当日は自分で着替えることになるんだし、いい練習になるか」

衣装のどこかを引っかけて破損させたりしたら大変なので、慎重に着替えていく。

ズボンを穿《は》いて、ジャケットを着用。室内だが、気にせずブーツまで履いてみる。

剣を手にしてみると、驚くほどに軽い。これなら事故も起こりづらそうだ。それになんとなくだが、乃愛《のあ》が魔剣ティルヴィングを自慢してきた理由が少しわかった気がした。

「よし、着替え終わったぞ」

声をかけると、乃愛《のあ》が中に入ってきて。

「わぁ、カッコイイ！」

乃愛《のあ》は珍しくはしゃいだ様子で、蒼汰《そうた》のコスプレ姿を褒めてくる。

それが蒼汰《そうた》はなんだか気恥ずかしくて照れくさかった。

「その、サイズもちょうど良《い》い感じだぞ。ところどころについてる板金的なパーツがちょっと重いけど」

「そこはこだわったところ。蒼汰《そうた》の急所を守る役割を担《にな》っているから」

「へぇ」

「でもやっぱり、ちょこちょこ気になるところがあるからメモる」

乃愛《のあ》は真剣な表情で蒼汰《そうた》の全身を観察していき、頻繁にスマホのメモに記載していく。やはり何かに本気で取り組む乃愛《のあ》を見るのは珍しいので、蒼汰《そうた》は妙にドキドキしていた。

「こんなところかな。当日はメイクもしてあげるから、楽しみにしていてね」

「その、やっぱり男の俺でもメイクは必要なのか？」

「当然。二次元キャラに寄せるんだから、メイクは必要不可欠」

以前にウィッグを装着した際の自分の姿を思い出して、蒼汰《そうた》も納得せざるを得ない気持ちになる。

ただまあ、抵抗感がないと言えば嘘《うそ》になるが。

「でも、その、そういうのって特殊な化粧なんだろ？　前にちょっと調べてみたけど、だいぶ濃かったというか……少なくとも、普段から乃愛《のあ》たちがするようなものとは違う感じだよな。本当に乃愛《のあ》にできるのか？」

「その辺りも抜かりない。茜《あかね》からメイク技術を伝授してもらったから」

「へぇ、そんなことまでしてたのか……」

ここ数日の昼休みに乃愛《のあ》がいなくなっていたのは、この『メイク技術の伝授』とやらが理由だと思い至った。その本気度合いには素直に驚嘆する。

一体、何が乃愛《のあ》をそこまで駆り立てるのだろうか。

元々、乃愛《のあ》がオタク方面の趣味に偏っている傾向はあった。

ただ、それはあくまで自己完結したものであり、コスプレイベントに参加するといったような——そういう他者との交流もある、アクティブな面はほとんど見せてこなかった。

以前に参加した対戦ゲームの大会だって、最初はオンライン対戦だったからという理由でエントリーしたくらいだ。

もっとも、そのときは運が悪く家のネット環境が止まってしまったため、急遽《きゆうきよ》会場に駆けつけることになったのだが。

そういった経緯もあって、今回の件は異例としか言いようがない。

これもやっぱり、トモダチのため——ということだろうか？

「もう脱いでよし。おつかれさま」

「あのさ、乃愛《のあ》はいいのか？　自分もイベントに参加しなくて。こういうコスプレ衣装とか、本当は着たいんじゃないのか？」

「ん？　着たいけど？」

「え？」

「——あ、えっと、大丈夫。今回は職人サイドに徹すると決めているから」

キリッ、と謎のドヤ顔を向けてくる乃愛《のあ》。

……これは何かを隠している、と蒼汰《そうた》の中の幼馴染《おさななじみ》センサーが反応した。

「もしかして、サプライズで自分も登場しようとか考えてるのか？」

「ないない、あり得ない。私は裏方、藤白乃愛《ふじしろのあ》がコスプレ姿で参加することは断じてない。蒼《そう》汰《た》はいろいろ考えすぎ」

「はいはい、わかったよ」

「むぅ、まだ疑われている気がする」

「まあ、乃愛《のあ》が納得しているならいいんだ。俺が言えるのはそれだけだよ」

やはりというか、早口なところなんかがすごく怪しい。とはいえ、これ以上は疑っても乃愛《のあ》が口を割ることはないだろう。彼女は変なところで頑固なのだ。

となれば、蒼汰《そうた》が言えるのは一つ。

「とりあえず、衣装ありがとな。本番で着るのを楽しみにしているよ。──ちなみにだけど、明日のテストも頑張れるよな？」

「うっ。蒼汰《そうた》の方こそ、ご褒美《ほうび》の内容は考えたの？」

「いや、それはまだ……まあ、ぼちぼち考えておくよ」

「ふーん」

乃愛《のあ》が条件をクリアした後に考えても遅くない、と思っているのは内緒だ。

「それじゃあ俺は着替えるから、部屋を出てくれ」

「了解した」

そうして蒼汰《そうた》は着替えを終えて、乃愛《のあ》の家を出る。

最後に念のため、今日は早めに寝るよう告げてから自転車に跨《またが》った。

「ねぇ、蒼汰《そうた》」

「なんだ？」

月明かりが照らす中、乃愛《のあ》が真っ直《ます》ぐに見つめてくる。

「トモダチも、コスイベで蒼汰《そうた》に会うのを楽しみにしてるって言ってた。でもやっぱり、緊張もしてるって」

「そうか。俺も緊張してるけど、いまいち実感が湧かないんだよな」

それは相手の実情がわからないから、というのが一番だろう。

相手のことがわかっているぶん、トモダチの方が緊張しているかもしれない。

「二人の逢瀬《おうせ》は、さながら仮面舞踏会のようになるはず。何せ、二人とも揃《そろ》って仮初の姿なのだから」

「まあ、メイクをするって言っても俺は顔が知られているだろうし、そもそも名前も身元もバレているんだけどな」

「蒼汰《そうた》は夢がない。もっと状況に酔うことも覚えるべきだと思う」

「って、言われてもな」

「ふぅ……まあいい。今日はわざわざ来てくれてありがと。帰り、気をつけてね」

「ああ、また明日な」

「うん、また明日」

小さく手を振る乃愛《のあ》に見送られながら、蒼汰《そうた》は自転車を漕《こ》ぎ出す。

帰りの夜道は、行きとは違ってこれまでのことを思い返していた。

この約一週間はいろいろあった。トモダチの話から始まり、乃愛《のあ》のコスプレイベント参戦が決まってからは、まさに怒涛《どとう》の日々だったといえる。

衣装製作の合間になんとか乃愛《のあ》に勉強をさせたり、蒼汰《そうた》もほんの少しだがコスプレ製作にも付き合ったし、息抜きをしたり、一応はキャラクターの演技なども練習した。

それに、乃愛《のあ》と一緒にウィッグを買いに行ったりもした。あのときは作業に携われずに疎外感を覚えたりもして、乃愛《のあ》からよしよしと慰められてしまい……。

(あー……こんなんじゃ乃愛《のあ》のことを言えないよな、俺もしっかりしないと)

何よりも今は、不思議な緊張感がある。

いよいよテストが始まる、というのもそうだが、一番はそこじゃない。

――トモダチと会う。

今週末、それが実現するのだ。

これまで姿どころか、名前すらろくに知ることのなかった未知の相手。

正体は茜《あかね》なのか、それとも他の誰かなのか。もしかしたら、乃愛《のあ》本人がトモダチなんじゃないかという気持ちはまだあるが、その場合はどうするつもりなのだろうか。

乃愛《のあ》は何やら匂わせるようなことを言っていた気がするが、それもどういう意図があってのものなのかはわかりづらかった。

そもそも、いざ自分を好きだというトモダチと対面したとき、蒼汰《そうた》はどう対応するのか決めきっていない。

相手はイベントの日に告白をしてくるつもりなのかもわからないし、それとなく乃愛《のあ》のことが好きだと伝えるべきかどうか、悩んだりもする。

ただ、ここ最近が忙しかったおかげで、あまり考える機会がなかったのも事実だ。それだけはある意味でよかったかもしれないと、蒼汰《そうた》は前向きに気持ちを切り替えた。

明日からの三日間は、中間テスト本番だ。勉強くらいしか取り柄のない蒼汰《そうた》は、ここで結果を出さなければと、再度気合いを入れ直してペダルを漕《こ》ぐのだった。

第五章　【出会い】トモダチとキス

中間テストの全日程が終了した。

結果が返却されるまでは気を抜けないが、やれることはやった。ひとまず蒼汰《そうた》の方は、手応えとしては十分だ。

問題は乃愛《のあ》の方だが、『過ぎたことは振り返らない主義だから……』と意味深に微笑《ほほえ》んでいたので、あまり触れないでおくことにした。

ともあれ、すでに終わったことを心配してばかりいても仕方がない。乃愛《のあ》はすっかり浮かれ気分だし、蒼汰《そうた》もコスイベの方に気持ちを切り替えるべきだろう。

何しろ、ようやくトモダチとご対面できるのだ。

このコスイベではあくまで顔合わせというか、親睦を深める目的だと聞いているので、いきなり告白云々《うんぬん》にはならないはずだが、やっぱり緊張はしてしまう。

そうやって心構えを作っているうちに――

コスプレイベント――ヤコストの当日を迎えた。

「暑いな……」

雲一つない青空を仰ぎながら、蒼汰《そうた》は呟《つぶや》く。

コスイベ当日の土曜日。最高気温は三十度近くの今日、正午過ぎに現地へ到着し、まず蒼汰《そうた》は更衣室で衣装に着替える前に、一緒に現地入りした乃愛《のあ》からメイクを施された。

メイクをされている最中は、乃愛《のあ》の要望通り目を瞑《つぶ》っていたので状況がわからなかったが、終わったと声をかけられて鏡を見たときには、自分の変貌ぶりに驚いたものだ。

何せ、我ながらイケメンと言っても差し支えない、目元がキリッとした顔立ちになっていたのだから。

更衣室で衣装に着替えて、デモンブレイダーシリーズに登場する『聖騎士ブライト』のコスプレ姿になった蒼汰《そうた》は、身も心も強者になったような錯覚を覚えた。それほどまでに、キャラクターに扮《ふん》するという行為は、蒼汰《そうた》に衝撃を与えてきたのだ。

そのまま蒼汰《そうた》は意気揚々と、待ち合わせ場所である広場の時計塔の下に到着して――今に至るのだが。

「………来ない」

約束の時間は午後一時。もう三十分以上はここに立ち尽くしていた。

今日、ここにトモダチとやらが現れるはずなのだ。

周囲を見回せば、自分と同じように多種多様なコスプレ衣装に身を包む参加者たちの姿があるが、それっぽい相手は未《いま》だに見当たらない。

サブカル方面のイベントの参加者数がどれくらいになるのかは想像しづらかったが、予想よりも遥《はる》かに多いのは間違いない。待ち合わせ場所を指定したとはいえ、ここから初対面の――しかもコスプレ状態の相手を連絡先も知らずに探し当てるのは大変な気がする。

都心の駅近くにある公園や広場を利用したイベントだったが、蒼汰《そうた》が思っていたよりも大規模なものだったらしい。

「もしかして、トモダチは道に迷っているとか？　それか、俺が約束の相手だと気づいていない可能性もあるな……」

そもそも蒼汰《そうた》は相手の連絡先を知らないどころか、名前や顔だってわからないのだ。乃愛《のあ》は万事伝えてあるから大丈夫と言っていたが、こうも遅いと心配になってくる。

先ほどから何度か乃愛《のあ》にメッセを送っているが、一向に返事はない。

あちらも困っているかもしれないし、それらしき人がいないか再び周囲を見回そうとしたところで、つんつんと背中をつつかれる。

振り返るとそこには、金色の長い髪をした黒衣の美少女が立っていて……。

「――おまたせ♪　遅れてごめんね、蒼汰《そうた》クンッ☆」

明るい声色で名前を呼ばれ、蒼汰《そうた》は目を見開く。

金髪のツーサイドアップに、ゴシックロリータ調の黒ドレスを着込み、腰には禍々《まがまが》しい漆黒の剣鞘《さや》ときたら――間違いない、これはデモンブレイダーシリーズに登場する小悪魔美少女・ナイトメアのコスプレ衣装である。

ご丁寧にニャラム三世のぬいぐるみまで手に抱えており、どこまでも原作に忠実だった。

そして先ほど、彼女は確かに蒼汰《そうた》の名前を呼んだ。

つまり彼女こそが、『トモダチ』で――

「…………」

トモダチである、はずなのだが……

「あれれ？　ボーッとしちゃって、どうかしたのかな？」

「いや、その……」

話し方は、調子外れで天真爛漫《てんしんらんまん》な口調。これはナイトメアではなく、彼女自身の話し方だ。

容姿だって、二次元から飛び出してきたんじゃないかというクオリティの美少女っぷりで。

しかし、でも、これは……この声、顔立ち、身体《からだ》つきは……――

「……というか、乃愛《のあ》だよな？」

蒼汰《そうた》が断言するように言うと、少女は一瞬だけ顔を強張《こわば》らせたものの、すぐさま首を左右に振る。

「ノーノー、違うよ蒼汰《そうた》クン。ワタシはメア。蒼汰《そうた》くんの幼馴染《おさななじみ》である乃愛《のあ》ちゃんの『トモダチ』であり、今はナイトメアに扮《ふん》する漆黒の美少女だよ♪」

「……ん？　いや、だから乃愛《のあ》だよな？」

「ちっがぁ～～～うっ！　ちがうって言ってる！　言ってるのに！」

今の後半の口調は、完全に乃愛《のあ》だった……。

でも目の前の『トモダチ』を自称するメアという少女は、乃愛《のあ》であることを否定している。

これはまた、ややこしいことになってきたかもしれない……。

「えーっと、少し整理させてくれ。君はメアちゃんで、藤白乃愛《ふじしろのあ》とは別人であると？」

「その通りっ」

「しかも、乃愛《のあ》のトモダチであると？」

「その通りっ」

「なるほど……」

ここでメアという名の彼女が、乃愛《のあ》と同一人物であることを暴き立てるのは得策ではないかもしれない。

乃愛《のあ》が何の目的かはわからないが、せっかくコスプレ姿でイベントに参加しているのだ。もしも拗《す》ねて帰ってしまったりしたら、ここ数日の努力が無駄に終わってしまうことになる。

……この判断は、間違っているのかもしれない。

でも乃愛《のあ》が楽しんでくれるのであれば、それが一番であるような気もした。

（頑張ったことは、報われてほしいよな）

どう考えても、意識して変えているだろう声は乃愛《のあ》と似通っているし、顔立ちもメイクで様変わりしているものの、輪郭などは乃愛《のあ》そのものだ。

ただ、いつもの嘘《うそ》でごまかすときとは違う点がある。ちゃんと『演じられている』というか、話し方や振る舞い方などが、別人のものと呼べるレベルになりきれている気がした。これは幼馴染《おさななじみ》の蒼汰《そうた》でなければ、もしかしたら見抜けないレベルのクオリティである。

ちなみに、本来のナイトメアはクール系のキャラクターかつ一人称が『我』のはずなので、今の口調はやはりナイトメアを模倣しているわけではなさそうだ。この天真爛漫《てんしんらんまん》なキャラ付けは一体どこからきたのだろう。

いろいろとわからないことだらけなのは確かだ。ゆえにひとまず様子を見ることにする。

トモダチかどうかは保留として、彼女を『メア』という一人の少女として接しようと、蒼汰《そうた》の中では決まった。

「ちなみにメアっていうのは、本名なのか？　デモンブレイダーシリーズのナイトメアと似ているのは偶然とか」

「ううん、そこはナイトメアから取ったの。だって蒼汰《そうた》クンにはまだ、ワタシの素性をオープンにする気はないもんっ」

「じゃあ、俺は君をなんて呼べばいい？」

「メアでいいよっ。あ、『ちゃん』付けでも可」

「それじゃあ、改めて。──俺は瀬高蒼汰《せだかそうた》だ。今日は一日よろしくな、メアちゃん」

「うんッ♪　よろしくね、蒼汰《そうた》クンッ」

そう言って、メアがぎゅっと手を握ってくる。

「ちょっ、いきなり大胆すぎないか⁉」

いきなりのスキンシップに、蒼汰《そうた》はタジタジになってしまう。

だが、乃愛《のあ》──改め、メアはやめる気などサラサラないようで。

「蒼汰《そうた》クンは忘れちゃったの？　ナイトメアは聖騎士ブライトに恋焦がれているんだよ？」

「そういえば、そんな設定もあったな……」

作中でもナイトメアは聖騎士ブライトのことを『我のナイト様』と呼んで慕っているのだ。

今さらながら、それ繋《つな》がりでこのキャラクターの組み合わせが実現したことに思い至る。

「ほらほら、行こっ」

蒼汰《そうた》はメアから手を引かれる。

やはり、メアのテンションは異様に高い。ここまで高いトーンの乃愛《のあ》の声はそうそう聞く機会がないし、なんだかとても新鮮だった。

「わかったから、そんなに引っ張らないでくれ」

そうして早速、周りの参加者がしているようにスマホで写真を撮ることに。

撮る際に使うのは、蒼汰《そうた》のスマホだ。ちなみにメアのスマホは、コインロッカーに置いてきたとのこと。

その割に、

「はい、自撮り棒♪」

などと用意がよかったり、

「あとで画像は乃愛《のあ》ちゃんに送っといてね。あの子経由で送ってもらうから」

だとか、しっかり確保する手段も用意していたりと、いろいろ引っかかる部分が多い。

「それじゃあ撮るよ～、はい、チーズ☆」

パシャリ。

シャッター音が鳴る直前に、思いっきり身体《からだ》を寄せられた。

そのせいで、ピース&ウインクまで決めているメアの隣に映る蒼汰《そうた》は、だらしなく鼻の下が伸びてしまっている。

「……なあ、撮り直さないか？」

「いいけど～、今のも消しちゃダメだからね？」

「わ、わかったよ」

なんだか、彼女はとてつもないくらいにグイグイくる。

その圧はまさに陽キャのそれである。まるでいつもの乃愛《のあ》とは別人になったかのようなテンションだ。

どちらかといえば、茜《あかね》の口調なんかが近いかもしれない。あちらに比べてあざとさみたいなものは感じられず、底抜けに明るいといったイメージだが。

そんな口調のおかげもあってか、先ほどよりもメア＝乃愛《のあ》という感覚は薄くなっていた。

見た目自体が普段の乃愛《のあ》とは大きく異なるのだから、それも当然かもしれない。

「ほら、次はあそこのベンチの前で動画を撮ろっ」

「え、動画？」

「小さめだけど、スタンドを持ってきたの。ほら、折りたたみ式のやつなんだ～っ」

「なるほど、準備は万端のようで……」

「だってだって、この日をずっと楽しみにしてきたんだもんっ」

にっこりと、心底嬉《うれ》しそうに笑うメア。

その姿を見て、蒼汰《そうた》の胸がとくんと高鳴った。

いつもの乃愛《のあ》が素直じゃないぶん、こういった正攻法は一種のギャップに感じられたのだ。

（やばい、メアちゃん可愛《かわい》い……っ）

ドキドキする鼓動をごまかすように、蒼汰《そうた》は深呼吸をする。

「ほらほら蒼汰《そうた》クンッ、こっち来てよ～！」

「お、おう」

言われた通りに隣へ並び、メアの要求通りに決め台詞《せりふ》を発することにする。

どうやら蒼汰《そうた》↓メアの順でコンビっぽく発言する流れらしい。

すでに動画撮影はスタートしているとのことで、スマホのカメラに向かって一言。

「――オレは悪の魔剣を用いようとも、正義を成す者ブライト！」

「――我は混沌《こんとん》の申し子ナイトメア、現世の聖者を滅する者なり！」

キリッ、と二人でキメポーズ。

今さらながら、額に手をかざすポーズは恥ずかしさを極めている。

……ちなみに、ナイトメアの厨二《ちゅうに》セリフを発するときはいつもの乃愛《のあ》の声だった。

「我が魔剣ティルヴィングの糧《かて》となれ――《ネザーバースト》!!」

そしてなぜだかメアは打ち合わせにない技名を叫び出して――!?

「ほら、ブライトも」

「え、ああ……」

メアに倣《なら》うようにして、蒼汰《そうた》もブライト風に手をかざし――

「我が正義の鉄槌《てっつい》を受けよ――《ヘヴンズ・ソル・ブライト》!!」

「深淵《しんえん》を贈ろう――《エンシェント・デッド・ヘル》!」

「オレの剣に斬れないものはなし――《ソードダンス》!」

「「合体技――《シャイン・ダークマター・オリジン》ッ!!」」

――……といった感じのやりとりが続くこと数分。

なぜか互いに技をぶつけ合うような構図になってきたところで、メアがふと息をつく。

「ハア、ハア……今回はこのぐらいにしておいてやろう。――撮影モード停止、疲れた……」

どうやらガス欠らしい。若干、口調が素の乃愛《のあ》に戻っているのがその証拠だ。

乃愛《のあ》――メアは事前に買っておいたらしいミルクティーを口に含んでから顔を上げ、

「あはは、楽しいねっ」

満面の笑みを向けてくる。

その笑顔を見て、蒼汰《そうた》は不覚にもドキッとしてしまう。

「蒼汰《そうた》クン？」

「お、おう、大丈夫だ。俺も練習の成果を出せたみたいで嬉《うれ》しかったよ」

「そうだ、よかったら飲む？」

差し出してきたのは、先ほどまで彼女が口をつけていたミルクティーのペットボトル。

喉は渇いているが、蒼汰《そうた》は首を左右に振っていた。

「そっか、ざーんねん」

しょんぼりするメアを見て、蒼汰《そうた》の胸の奥が微《かす》かに痛む。

（落ち着け俺、明らかに普段の乃愛《のあ》とは違うのに、なにをドキッとしてるんだよ……っ）

おかしな感覚だ。

蒼汰《そうた》の中の良心みたいなものが、『メア』に対してドキドキすることを不純に感じてしまっている。

なぜだか、素の藤白乃愛《ふじしろのあ》に申し訳が立たないというか……。

メアと乃愛《のあ》、彼女らは間違いなく同一人物であるはずなのに、メアの姿にドキドキすることに抵抗感がある。なんともおかしな感覚であった。

ゆえに、二人の間に若干気まずい空気が流れ始めたところで、

「あの、少しお時間よろしいでしょうか？」

先ほどまで遠巻きにこちらを眺めていた、スーツ姿の女性が声をかけてきた。

見たところ年齢は二十代後半といったところだろうか。ダークブラウンの長い髪を七三分けにしていて、デキる大人の女性といった風貌である。

「はい、なんでしょう？」

自然と蒼汰《そうた》が前に出て応対すると、女性はメアの方をちらと見てから言う。

「ナイトメアとブライト、素晴らしいコス合わせですね。――申し遅れました、わたくしこういう者です」

女性は名刺を取り出し、メアと、それに蒼汰《そうた》にまで手渡してくる。

「はあ、どうも……」

その女性はどうやら芸能関係の仕事に就いているらしかった。

これはあれだ、一種のスカウトというやつだろう。

さらに女性はチラシを取り出し、再び手渡してくる。

「今度この近くで、コスプレイヤーのみなさんを集めたイベントを開催することになっておりまして。ちゃんとここの運営からは正式に許可されたスカウト行為なので、興味があったら連絡をしてくださいね」

では、と女性はにこやかに微笑《ほほえ》んでから去っていった。

こちらと問答をするというよりかは、一方的に宣伝をして去っていった印象である。

「今、鼻の下が伸びてた」

「伸びてない」

「伸びてた」

メアは気づいているのだろうか、今は素が出てしまっていることを。

そこをわざわざ指摘するほど蒼汰《そうた》も野暮ではないので、大人しく引き下がることにする。

「ともかく、スカウトされたってことは見どころがあるってことだよな。あの人、メアちゃんの方ばかり見ていたし」

「蒼汰《そうた》は年上趣味……？」

(だから素が出てるって！　俺のこと、呼び捨てになってるし！)

やっぱりこの子は乃愛《のあ》だ！　と当たり前のことを実感させられた瞬間だった。

それにしても乃愛《のあ》――メアは、よほど蒼汰《そうた》の態度が気に食わなかったらしい。些《いささ》かむくれている。そんなに情けない顔をしていたのだろうか。

ちなみに、女性が渡してくれたチラシに書いてあるコスプレイベントは八月に開催予定(仮)とのこと。それほど遠くもない日程の割に仮の予定なのは気になったが、参加するかはメア次第だろう。

と、そこで今度は別の女性が近づいてきて。

「あの、もしよければ撮影してもいいですか？」

「あ、えっと……」

たじろぐ蒼汰《そうた》をよそに、今度はメアが前に出て、

「はい、ぜひよろしくお願いしますっ」

にこやかな笑顔で明るく対応するメア。

少なくとも『藤白乃愛《ふじしろのあ》』では、とてもじゃないが想像もできない仕草だった。

（まだまだ、俺の知らない乃愛《のあ》の魅力があったりしてな）

それはそれで気持ちが昂《たかぶ》る。いったい彼女には、どれだけ魅力的な引き出しがあるのか楽しみになってしまう。

気づけば、知らぬ間に行列ができていて。

どうやらスカウトの女性が声をかけたのを皮切りに、こちらを気にしていた撮影勢が押し寄せてきた形らしい。

最初のうちは周囲の参加者に比べてそういう申し出がないと思っていたが、内輪ノリの雰囲気を出しすぎていたのかもしれない。

どの相手にもメアは丁寧に対応し、終始楽しそうだった。

メア単体の写真を撮りたい！　という申し出が多かったが、意外だったのは蒼汰《そうた》単体の申し出もあったことだ。

これも蒼汰《そうた》が扮《ふん》する聖騎士ブライトの人気によるものだろう。素人《しろうと》ながら、コスプレというものの奥深さを知る機会になったのだった。

◇

「あっつ〜い」

隣でメアが胸元をぱたぱたとあおぐ。

あれから小一時間ほどで撮影の列は落ち着き、ひとまずベンチに座って休憩をしているところだった。

相変わらず五月とは思えない暑さに蒼汰《そうた》も汗だくであったが、今はそれどころじゃない。

メアの首筋を伝う汗、気だるげな吐息。

それらの仕草が妙に色っぽくて、蒼汰《そうた》は目を奪われていた。

イベントのルール上、それほど露出が過剰にならないよう気を遣われた衣装ながらも、やはりメアの豊満なバストの谷間は隠しきれていないのが現状だ。

ゆえに、視線は当然そちらにも向かうわけで。

「えっち」

知らぬ間にジト目を向けてきていたメアが、唇を尖《とが》らせて言う。

「申し訳ない」

バレていたのなら仕方ないので、ここは素直に謝っておく。

すると、メアは愉快そうに微笑《ほほえ》んでみせて、

「べつにいいけどね～」

思いのほか、気軽に許してくれた。

未《いま》だにメアとの距離感というか、彼女との接し方には慣れずにいる。

それが余計に『他人』的な部分を感じさせて、妙なドキドキに繋《つな》がっているわけだが。

(ちょっとばかし頭を切り替えよう。こういうときは、やっぱり……)

ここで蒼汰《そうた》は気になっていたことを尋ねてみることにする。

ちょうどそろそろ、良《い》い頃合いだとも思うからだ。

「あのさ、今日はどうして俺と会おうと思ったんだ？」

あくまで『トモダチ』であるメアに対して接する体で、蒼汰《そうた》は質問する。

すると、メアは少し頭を悩ませてから、

「んーと、チューしたかったから？」

「は⁉」

予想外のことを言われて、蒼汰《そうた》は硬直する。

先ほどまで考えていたことが全て、頭の中から消え去るほどに衝撃的だった。

「正確に言えば、蒼汰《そうた》クンの方からチューをしてほしかったからかなぁ。――あ、ほっぺたにね！　ほら、乃愛《のあ》ちゃんからはしてもらったんでしょ？」

「あの件は、トモダチには言わないんじゃなかったのかよ……」

「あ、えーっと、ワタシが聞き出したの！　そう、無理やり！　だから乃愛《のあ》ちゃんはなーんにも悪くないから！」

どうやら失念していたらしい。なんとも乃愛《のあ》らしいといえばらしいのだが。

それはさておき。

「で、顔を合わせるのにコスプレイベントはうってつけだったというわけか」

「そゆこと。……だからまだ、告白とかは、ね。もう少し距離とか関係が深まってからで」

「う、うん。けどさ、メアちゃんがそこまで頑《かたく》なに正体……というか、素性を隠したがる理由はなんなんだ？　その、話している感じだと、オープンになってもよさそうな感じだし」

いきなり『告白』なんて単語が出たから焦《あせ》ったが、あまり『メア＝乃愛《のあ》』だと結び付けて話を進めると、あちらが会話を中断する恐れがあるので、ここは慎重に言葉を選んでいく。

メアは再び少し考え込んでから、視線を外したまま答える。

「今のワタシもね、仮初の姿だから。この話し方も振る舞い方も、全部『なりたいワタシ』を投影しているの。ある人から女子力が足りないって言われちゃって、だから恋愛とかに対するスタンスも含めて明るく前向きに、男の子ウケしそうな感じを演じているっていうか」

「なるほど、な……」

先ほどの発言に続き、彼女の口からさりげなく『恋愛』なんて単語が出たことには驚いたが、そういうことならある程度は納得がいく。

乃愛《のあ》は前々から茜《あかね》ややちよなど、割とコミュニケーション能力が高い人種を見て憧れている節があったし、蒼汰《そうた》の目にもそういう女子が魅力的に映っていると考えているようだった。

だからコスプレイベントを利用して『トモダチ』になりきった際、せっかくだから自分なりにアレンジをした『なりたい自分』を投影したのだろう。

けれど、そもそもなぜトモダチを演じる必要があったのか。

トモダチの好意も含めて、そこの辺りがいまいち結び付かない。

チューを——キスをしたかったから会いに来たというのも、どこまで本気なのか。したいのであれば、以前と同じように乃愛《のあ》の方からすればいいような気もする。一度できたのだから、二度も三度もさして違いがない気がした。

(いやでも、俺の方からキスをしてほしいんだったか)

ここまでの情報を整理すると、やはりトモダチ＝メア＝乃愛《のあ》と考えるのが妥当であり、そうなると乃愛《のあ》は蒼汰《そうた》のことが好きだということになるわけで。

……わからない。ほっぺたにキスをしてもらうために『トモダチ』を演じる理由が、蒼汰《そうた》にはどうしてもわからなかった。

頭を悩ませる蒼汰《そうた》を見てか、メアはわざとらしく咳払《せきばら》いをする。

「べつにね、そんな深い意味はないの。ただワタシがほっぺにチューをしてほしくて、蒼汰《そうた》クンに会いにきた。コスイベはついでだよ」

「でも、その『ついで』に乃愛《のあ》は必死だったよ」

「え？」

驚いて目を見開くメアに対し、蒼汰《そうた》はなおも語り続ける。

「乃愛《のあ》って、いつもは何に対しても本気にならなくて、どこか冷めているのに、今回は違ったんだ。ただコスイベに参加するだけなら、衣装だって既製品の近い感じのやつでよかったはずだろ？　キャラクターだって、べつになんでもよかったはずだ。でも、乃愛《のあ》は慣れない裁縫とかメイクとか、いろいろ頑張っていたんだよな。その理由が、俺は知りたい」

「………言ったら、引かない？」

これは乃愛《のあ》視点なのか、メア視点なのか。

ともかく、そんな問いを彼女は不安そうに投げかけてきた。

蒼汰《そうた》は向き合いながら、自然と微笑《ほほえ》みかける。

「聞いてみないとなんとも言えないけど、十中八九で引かないと思う」

「えっと、じゃあ……」

メアは溜《た》めを作ってから、意を決したように言う。

「蒼汰《そうた》クンに、できるだけ可愛《かわい》いと思ってほしかったの。そっちの方が、チューしたくなるでしょ？　だから……」

そう語るメアの顔は真っ赤だった。

あまりにも健気《けなげ》で可愛《かわい》らしいその理由に、蒼汰《そうた》の胸はきゅっと締めつけられる。

「へ、へぇ～、なるほど……」

「でも、どうやったら蒼汰《そうた》クンにキスをしてもらえるかまでは考えてなかった。ワタシの中では、勝手に『カワイイ＝キス』って構図が出来上がっちゃっていたから」

お得意の思い込みがここでも発動していたわけだ。

ここまで好意をアピールしながらも、『好き』という類の発言を口にしないところまでもが、蒼汰《そうた》の幼《おさな》馴染《じみ》らしい。

まったく、やはり彼女はどこまでいっても藤白乃愛《ふじしろのあ》だった。

男として、ここまで言わせたら頬キスの一つくらいはしてやるのが道理なのだろう。

それは蒼汰《そうた》にもわかっていた。

でも。

「あ、あれはさ、幼《おさな》馴染《じみ》だからできたというか」

「え？」

メアの顔に困惑の色が浮かぶ。

それでも蒼汰《そうた》は言葉を続ける。

「あのとき乃愛《のあ》が言ったんだ、『幼馴染《おさななじみ》の頬キスを食らわせてやった』って。だから、あの日の出来事を理由に、幼馴染《おさななじみ》以外とキスをするのはなんか違うかなって」

「そ、そう」

自分でも何を言っているのかよくわからないが、これが蒼汰《そうた》の本心だった。

たとえ、同一人物であるとわかっている『メア』相手でも、この姿の彼女にキスをするのは違うと感じてしまうのだ。

ゆえに、人によっては逃げとも思える伝え方をしていた。

「って、俺は何を言っているんだろうな。でもまあ、キスについてはそんな感じで……」

「ん」

そのとき、メアが両目を瞑《つぶ》りながら顔を近づけてきた。

今にも触れてしまいそうな距離にまで近づいてきて、その柔らかそうな頬も、桜色の唇だって無防備に向けられてくる。

「えっと……？　話を、聞いてらっしゃいましたか……？」

困惑する蒼汰《そうた》が尋ねると、メアはぱちりと片目だけ開けて言う。

「蒼汰《そうた》クンの都合と気持ちはわかったよ。でも、ワタシだって簡単には引けない。これが乙女のプライドってやつかな」

乙女のプライド。乃愛《のあ》が時折それっぽいことを口にしていたが、今回ばかりは熱量が違う気がする。これはタダで折れる気はないというわけだ。

（なるほど、な。確かに、ここまでしてくれたのに何もナシは、道理が通らないよな）

ゆえに、蒼汰《そうた》は覚悟を決め――

ぷにっ。

そのとき、蒼汰《そうた》とメアのほっぺた同士がくっついた。

「はにゃっ⁉」

突然の感触にメアが素っ頓狂な声を上げるが、蒼汰《そうた》は構わずにシャッターを押す。

パシャリ。

「よし、撮れた。こんなにほっぺたをくっつけた写真なんか、多分乃愛《のあ》とも撮ったことがないぞ。これは俺たちの記念だな」

画面に映るのは、ほっぺたを密着させた二人のツーショット。顔を真っ赤にしながら隣に視線を向けるメアと、同じく赤面しながらもぎこちない笑みを浮かべる蒼汰《そうた》が映り込んでいた。

「しゅ、しゅごい……今のは、反則ぅ……」

口調が完全に乃愛《のあ》のものに戻っているが、やはり蒼汰《そうた》はツッコミを入れない。

それに我ながら、すごいことをしたとも思っていた。

（なんか今の、すごく恋人っぽかったな……）

わざとバカップルを演じていたときとは違って、不意打ちだったからか、ごく自然でサプライズなイチャラブができたというか……。

とにかく、ものすごい充足感である。

「コ、コスイベは、イチャつくの、禁止なのに……っ」

「今さら言うのかそれ!?」

でもまあ、ほっぺたをくっつけて写真を撮るくらいなら、合意の下ならセーフな気がする。

……サプライズなので、合意とも言い切れないわけだが。

けれど、ひとまず頬キスの件については、このイチャラブ行為でごまかせた気がする。

ここからは、蒼汰《そうた》がさらに質問攻めをしたいところなのだが。

「あ」

唐突に、メアが何かを見つけたかのように呟《つぶや》くと、勢いよく席を立つ。

「え、どうかしたか？」

「あの、その、ちょっと離席するね！ 更衣室で汗とか拭いておきたいし！ そんなに時間はかからないはずだから、蒼汰《そうた》クンは休んで待ってて！」

「お、おう……」

ほぼ一方的に言ってから、メアは駆けていった。

(今のはやりすぎだったかな……それとも、なにかあったとか？ 困り事なら――ん？)

と、蒼汰《そうた》が思考を巡らせていたところで、遠くに知り合いらしき人物の姿を見つけた。見るからに目立つ、派手な恰好《かっこう》をしているが間違いない。相手もこちらに気づいたようで、手を振りながら二人組の女性が近づいてくる。

「どもでーす、センパイ♪」

「あれ？　その声、茜《あかね》ちゃんか？」

「えっ、あたしに気づいて手を振ってくれたんじゃないんですか⁉」

茜《あかね》が扮《ふん》するのは女スパイ。スパイスーツからウェーブがかった髪まで紫一色のセクシーなデザインで、すごい完成度である。普段の茜《あかね》から感じるお転婆なところと、大人っぽい雰囲気の組み合わせは新鮮だった。

「悪い悪い、俺が知り合いだと気づいたのはそっちでさ」

「わ、わたしが、こういう恰好《かっこう》をしてちゃ悪い？」

その隣に佇《たたず》むのは、女性警察官のコスプレをしたやちよであった。

水色の制服風コスはスカートが短く、タイツに包まれた両脚がセクシーである。大手ディスカウントストアで安売りしていそうないかにもといった衣装だが、それが逆に妙な色気を感じさせるのは内緒だ。

「二人とも似合っているぞ、グッドだ」

「わーい」

「あんたぶっ飛ばすわよ？」

対照的な反応だが、どちらも満更でもなさそうだった。

そこで茜《あかね》がきょろきょろと辺りを見回してから、不思議そうに尋ねてくる。

「あれ？　藤白《ふじしろ》センパイはいないんですか？」

「いや、乃愛《のあ》なら不参加だけど……聞いてないのか？」

「えーっ⁉　なら、あの衣装はなんのために作ったんですかー？」

「だからそれはトモダチの――いや、ごめん、やっぱりさっきまでいたんだ。今は別行動をしているだけというか」

「ですよねー、びっくりしましたよー。きっとトイレですよね、変な隠し方をしなくていいですよ？」

「あはは……」

実際はメイク要員としてだが、乃愛《のあ》がコスイベ会場に来ていたのは本当だし、メア＝乃愛《のあ》でもあるので、嘘《うそ》はついていないはずだ。……多分、おそらく。

どうやら乃愛《のあ》は詳細について――トモダチについては茜《あかね》たちに説明しないで事を進めていたらしい。だからこそ、先ほど逃げるように姿をくらましたのだろう。

蒼汰《そうた》は二人に申し訳なく思いながらも、口を濁す形で貫くことにした。

「でも、蒼汰《そうた》センパイのメイクはばっちりですね。あたしがみっちり藤白《ふじしろ》センパイに教えた甲《か》斐《い》がありました」

「ああ、聞いたよ。その節はどうもな。自分でもイケメンになった気がして、びっくりしているくらいだよ。――ところで、くらっしーのそれって自分で買ったやつなのか？」

モジモジとして脚をこすり合わせるやちよに話題を振ると、やちよは恥ずかしそうに頷《うなず》いてみせる。

「へぇ……」

「あたしが何か衣装を貸そうかって言ったんですけど、やっちゃんセンパイったら『こういうのは自分で用意するから意義がある』って言って聞かなくて。やっちゃんセンパイも意外と頑固なところがありますよね」

「うっさいわね。そもそも、あんたが前日に行こうって言い出すのがいけないんでしょ。おかげでこんな物しか用意できなかったわけだし」

やっぱりというか、『女性警官コス』はやちよ自身のチョイスだったらしい……。

「グッジョブだ」

「あんた馬鹿にしてるでしょ？　ほんと、この色ボケ後輩のせいで散々だわ」

「だってだってぇ、事前にコスの準備はしていたのに、イベントに参加しないなんてモヤモヤするじゃないですかぁ～。ま、あたしのこれは前に作ってあったやつですけど」

「そりゃあ、わたしも気にはなっていたけどさ……」

やちよも作業をするうちに、コスプレに興味を持っていたらしい。変なところで好奇心が旺盛というか、それで用意したのが女性警官コスというのが独特で面白い。

そう思っているのは、茜《あかね》も同じようで。

「べつにあたしは、コスイベにド○キ産のいかがわしい衣装で参加したっていいと思いますけどね！　一番大事なのは参加したいって気持ちですから」

「良《い》いことを言っている風だけど、いかがわしい衣装って言った時点で終わりなのよねぇ。マジであんたらを逮捕して牢獄《ろうごく》にぶち込んでやりたい気分だわ」

「ひぃっ、やっちゃんセンパイ怖い！」

「今のは茜《あかね》ちゃんが悪いな」

蒼汰《そうた》は『あ、ド○キのいかがわしいやつだ』と思っても、ちゃんと口には出さずに我慢していたというのに。

「にしても、あんたの恰好《かっこう》だって十分すごいわよ？」

「え、似合ってないか？　メイクのおかげもあって、個人的には結構イケてるかと思っていたんだが」

「まあ、メイクのおかげで割と自然なのは認めるけど、中身があの瀬高《せだか》だと思うと……ぷっ、どうしてもね……ぷくくっ」

「茜《あかね》ちゃん、どう思う？　このいかがわしいおまわりさん」

「他人のコスを馬鹿にするのはダメだと思いますよ。それに、警察官は本来取り締まる側なのに。その上、いかがわしいとかもうそれこそ逮捕案件ですよ！　逆逮捕！」

「あんたらが徒党を組むと、ほんとにやかましいわね……この場に藤白《ふじしろ》さんがいないことだけが唯一の救いだわ」

そんな会話を、三人はしばらく繰り広げていたのだが……。

◆◆◆

「くっ、あの二人が来るのは想定外だった……」

メア——こと乃愛《のあ》は、遠目に蒼汰《そうた》たちが談笑する光景を眺めながら、悪役さながらの表情で呟《つぶや》いた。

とはいえ、茜《あかね》とやちよには大きな借りができてしまっているので、憎まれ口を叩《たた》くこともできない。

特に茜《あかね》はライバルだというのに、メイクの伝授までお願いしてしまった手前、今回限りはむしろ詳細を隠していたことを全力で謝りたい気持ちであった。

「……ごめん、茜《あかね》にやっちゃん。二人には感謝している」

本人たちに聞こえていなければ意味はないのだが、乃愛《のあ》は一応感謝の気持ちを口に出してから、そっとその場を離れる。

あまり人が多く集まる広場に近いと写真撮影などをお願いされるかもしれないので、ひと気の少ない端の方へと移動した。

「ふぅ」

乃愛《のあ》はベンチに座るなり、小さく息をつく。

金髪ウィッグの髪束をさらさらと撫《な》でていると、今日は一日、我ながらすごい演技力だと自分を褒めたい気持ちになる。

初めはナイトメアのキャラクターに寄せた話し方をするかどうか悩んだものだが、普段の自分とあまり変化がないことに気づき、この際だからと理想の自分になりきってみたのだ。

自宅で何度か練習をしてみたときから、これはイケるという確信はあった。

そしてナイトメアに扮《ふん》したこの容姿さえあれば、蒼汰《そうた》だって乃愛《のあ》とは別人——『トモダチ』だと感じるはずだと考えたのだ。

結果はこの通り、上手《うま》く『愛想《あいそ》のある自分』を演じられた自信がある。

嬉《うれ》しい誤算は、この姿なら他者と接してみることも案外楽しいと思えたことだった。

だがさすがは蒼汰《そうた》というべきか、最初に疑われたときは肝を冷やしたものだ。けれど、その後のコミュニケーションによって、なんとかごまかし通せたと乃愛《のあ》は思っていた。

「正直、ほんとに最初は危なかった……まったく、どれだけ私のことを見ているんだか」

独り言を呟《つぶや》きながら、自然とニヤついてしまう。

それはそれで、嬉《うれ》しいからだ。

けれど、今回だけはバレるわけにはいかない戦いだった。何せ、『トモダチ』の名を冠して登場したのだから。

今回のコスイベで達成すべき目的は二つあった。

一つ目は、茜《あかね》以外にちゃんと『トモダチ』が存在することを示す——というもの。

こちらに関しては概《おおむ》ね達成できたと乃愛《のあ》は考えている。これで少なくとも、蒼汰《そうた》が『トモダチ＝茜《あかね》』と考えることはなくなったはずだ……と、乃愛《のあ》は思っていた。

そしてもう一つは、蒼汰《そうた》にキスをしてもらうこと。ここはほっぺたに、だ。

こちらは願望的な意味合いが強いが、それだけじゃない。

トモダチの名を冠した『メア』という仮初の存在になりきることで、蒼汰《そうた》に新鮮かつ効果的なアプローチを仕掛けることを目的に組み込んだのだ。

仮にトモダチであるメアを蒼汰《そうた》が好きになった場合でも、あとからネタばらしをすれば、『メア＝乃愛《のあ》』と結び付けられ、自然と乃愛《のあ》のことが好きだということになるはずだからだ。

騙《だま》していることに申し訳ない気持ちはもちろんあるが、これも蒼汰《そうた》との恋愛成就《じようじゆ》のため。

ネタばらしをした後に本気で謝れば、蒼汰《そうた》の場合は許してくれるはずだと考えている。

まさにリカバーの面も含め、おおよそ完璧な作戦なのだ。

——……というのが、乃愛《のあ》の頭の中で組み上がっていた独自理論であった。

実際どうなるかはさておき、乃愛《のあ》にとっては完璧な作戦だったわけだが。

(キスの方は失敗。ただ、理由が理由だけに悪い気はしないし、代わりは得た)

そう、二つ目の目的は失敗に終わったのだ。メアの姿で直接キスをしてほしいと求めたにもかかわらず、だ。

あれで蒼汰《そうた》も頑固だから、ああ言ったからには今回のコスイベ中に自分からキスしてくることはないだろう。

でもあんな『頬キスは乃愛《のあ》にだけ』みたいな理由を告げられれば、乃愛《のあ》だって納得するしかなかった。

そして何より、ほっぺたをくっつけ合ってのツーショット写真はやばかった。ラブラブな感じというのか、そういうものが全身を駆け抜けていった快感が今も残っている。

とりあえず、あの写真が欲しい。早く送ってもらい、スマホの壁紙に設定して眺め続けたいくらいである。

(うぅ～っ、でもやっぱりチューもしてほしい……だって絶対、幸せな気持ちになれるから)

などと心の中で唸《うな》っても、後の祭りである。

とはいえ、今日はすでに十分楽しめている。幸福感もすごい。何せ、蒼汰《そうた》が相変わらず優しくて——

「ん、あれ？」

あちらの様子を見に戻ろうと立ち上がったところで、乃愛《のあ》の頭の中に疑問が浮かぶ。

（そういえば、蒼汰《そうた》は優しかった。私が乃愛《のあ》だと知らないはずなのに、全然変わらず……）

だから楽しめた。

蒼汰《そうた》がいつもと同じように優しく接してくれて、照れたりするところも相変わらずで。

あの笑顔も、困った顔も、やれやれ顔も、どこか兄というか家族目線で見守る優しげな視線も全部、メアであるはずの自分に今日、蒼汰《そうた》は向けてくれていた。

蒼汰《そうた》は、メアが乃愛《のあ》だってことには気づいていないはずなのに――ッ！（※乃愛《のあ》の意見）

その違和感が今、言い知れぬ不安となって押し寄せてくる――。

「蒼汰《そうた》っ」

乃愛《のあ》は急いで駆け出す。

元の広場に戻ると、蒼汰《そうた》は見知らぬ女性に話しかけられていた。

茜《あかね》とやちよではない。もう少し年上の相手だ。

「むぅ〜〜〜っ！」

乃愛《のあ》――メアは目標へ向かって一直線に走り出す。

その勢いはまさに、猪突猛進《ちょとつもうしん》といえるものであった。

◆　◆　◆

蒼汰《そうた》が茜《あかね》たちと別れてから少し経《た》った頃。

聖騎士ブライト推しだという女性にカメラ撮影をお願いされていたのだが。

「蒼汰《そうた》」

ちょうど写真を撮り終えたところで、乃愛《のあ》――メアが戻ってきた。

メアのムッとした表情から、ただならぬ雰囲気を感じ取ったらしい女性は一礼してから去っていく。

名前を呼び捨てにしていることに、本人は気づいているのだろうか？　おそらく気づいていない気がした。

「お、戻ってきたか」

「今の女は誰？」

「ブライト推しなんだってさ。写真を一枚お願いされた。ここなら珍しくないだろ？」

現に、メアといるときだって蒼汰《そうた》単体を撮りたいという人がいたくらいなのだ。推しを自称する人なら、撮影を頼んでくるのは普通だろう。

「そ、そう」

「『メアちゃん』、どうしたんだ？　ちょっと様子が違うけど」

それとなく遠回しに、『素に戻っている』旨《むね》を伝えてみる。

すると、メアはハッとしてから表情を和らげた。どうやらスイッチを切り替えたらしい。

「ううんっ、大丈夫。全然問題ないよっ」

「ならいいんだけど」

明らかに様子がおかしかったが、何かあったのだろうか。心配になる。

とはいえ、掘り下げようと尋ねても答えてくれそうにはないので、ここは別の話題を振ってみることにした。

「もう大体の場所で写真は撮った気がするけど、これからどうする？　一緒に撮りたいコスの人がいれば、俺も付き合うよ」

「えっと、それも大丈夫」

「そうか」

すでに陽も傾いてきているし、メアの気が済んだのなら帰り支度を始めても良い頃合いだ。

現に、会場の熱気は落ち着き始めていた。

ゆえに、蒼汰《そうた》は帰るかどうか尋ねようとしたのだが、そこでメアが服の袖をつまんできた。

視線を向けると、心なしか彼女の纏《まと》う雰囲気が変わっている気がして……。

「ねぇ、ちょっと蒼汰《そうた》クンに聞いてほしいことがあるんだ」

「ああ、なんだ？」

「あのね……」

メアはすぅと息を吸ってから、真《ま》っ直《す》ぐに見つめてきて言う。

「──これは、『ワタシ』の話なんだけど」

「えっ」

瞬間、蒼汰《そうた》の心がざわついた。

この感覚は妙だ……彼女は今自分の話をしようとしているはずなのに、『トモダチの話』を始めているような気がする。いくらなんでも、この展開は斬新すぎやしないだろうか……？

その衝撃に固まる蒼汰《そうた》をよそに、メアは淡々と話を続けていく。

「ワタシは今日蒼汰《そうた》クンと接する中で、たくさん褒めてくれるし、紳士だし、やっぱりいい人だなと思ったよ。正直、もっとお近づきになりたいなって思った。でもそれと同時に、モヤモヤした気持ちも感じていて」

金色の髪が風に揺れ、斜陽が相対する彼女の顔を照らす。

彼女が何を言わんとしているのかはわからないが、見惚《みと》れるほどに美しいのはたしかだ。

言葉を失う蒼汰《そうた》に構わず、メアはさらに続ける。

「最初に蒼汰《そうた》クンは、ワタシに『乃愛《のあ》だよな？』って聞いてきたよね。それってつまり、ワタシと乃愛《のあ》ちゃんが似ているってことでしょ」

「…………」

それは言うまでもない。メア＝乃愛《のあ》だと蒼汰《そうた》は確信しているのだ。蒼汰《そうた》が疑問に思うとしたら、乃愛《のあ》の言うトモダチが本当にメアという存在を指していたのか、そこぐらいである。

ただ、それでもせっかく、今日ばかりは目の前にいるメアという女の子と接しようと思ったのに……あろうことか本人の口から、正体に対する言及を始めたではないか。

そのことに動揺しているせいで、蒼汰《そうた》はやはり言葉を失っていた。

そんな蒼汰《そうた》を見てか、メアは苦笑しつつも言う。

「つまりはさ、ワタシを——メアのことを可愛《かわい》いと思うなら、それは乃愛《のあ》ちゃんのことも可愛《かわい》いと思っているってことになるわけで……」

「いや、さすがにそこはイコールにならないんじゃ……」

やっと言葉を返すことができた。

ただ、困惑しているのは今だって変わっていない。

「じゃ、じゃあ、聞き方を変える！　メアと乃愛《のあ》ちゃん、どっちがタイプ⁉」

「はぁっ⁉　いきなりどうしてそんな話になるんだよ⁉」

聞き方どころか、丸々話題がすり替わった気さえしてしまう。

でもメアは止まる気などないようで、勢いのままに言葉を続ける。

「ワタシとしては、やっぱり乃愛《のあ》ちゃんと蒼汰《そうた》クンが一番お似合いというか！」

「待て待て待て！　ストップ！　いやなんだ、その、少し落ち着いてくれよ。とりあえず深呼吸をしよう、な？」

「ワタシは十分落ち着いているけど……すぅー、はぁ……」

ひとまずこちらの言う通り、メアは深呼吸をしたことで落ち着いたようだ。

「……深呼吸、したよ」

「少しは落ち着いたみたいだな。……これはあくまで確認なんだけど、君はその、乃愛《のあ》とはトモダチのメアちゃんなんだよな？」

「もちろんそうだよ。それが何か？」

蒼汰《そうた》が努めて言い聞かせるように確認すると、乃愛《のあ》は小首を傾《かし》げてみせる。

ここでもう一押し、蒼汰《そうた》はわざとらしくならないように言う。

「……さっきの言葉からして、そのトモダチのメアちゃんは、乃愛《のあ》と俺がくっつくのもアリだと考えているってことなのか？　だとしたら、ちょっと驚きなんだが」

「もち——ハッ⁉　ううん、ちょっとそれは、なんとも言えないかな……っ」

メアは言葉の途中でハッとしてから、その先を濁す。

蒼汰《そうた》としては、このまま誘導尋問的にメアの——乃愛《のあ》の本心を聞き出すこともできたかもしれないが、それだとあまりにフェアじゃない気がしたので、乃愛《のあ》が冷静になるよう促したつもりだ。

その上で乃愛《のあ》が本心を話してくれるのであれば、しっかり受け止めようと考えていたが、やはりここで明確な答えは出さないつもりらしい。

「ごめん、やっぱりさっきの話は聞かなかったことにして。ワタシはトモダチだし、諦めるつもりもないから」

「そういうことなら、わかったよ」

「うん、ありがと」

こうして話は一段落ついたが、妙な空気になってしまった。

せっかく頑張って準備をしたイベントだし、終わるならば楽しい気分で終わりたい。

そう思っているのはきっと乃愛《のあ》も――メアも同じはずなので、蒼汰《そうた》は強引に気持ちを切り替える。

「あのさ、メアちゃん」

「う、うん」

「最後に、メアちゃんの写真を撮ってもいいかな？　メアちゃん単体の写真って、俺のスマホだとじつはあんまり撮っていない気がしてさ。それに、今は夕日をバックにすると良《い》い感じに映えそうというか」

そんな申し出をすると、メアはパァッと顔を輝かせる。

この喜び方はどう見ても蒼汰《そうた》の知る幼《おさな》馴染《じみ》のものだったが、ツッコミを入れるのは野暮である。

可愛《かわい》いは正義。今の彼女は間違いなく可愛《かわい》いのだから、それでオールオッケーなのだ。

「もちろんいいけど、ワタシにも撮らせてね？　蒼汰《そうた》クンの写真っ」

「任せろ。最高にカッコイイ映えポーズを決めてやるぜ」

「ふふっ、ノリが変だよー、もぉうっ」

そうして、互いに気が済むまで写真を撮り合って。

もちろん追加でツーショット写真なんかも撮りまくっちゃって。

初参加のコスイベは、無事に終了した。


コスイベ終了後、メアとは更衣室の前で別れを告げた。

着替えを終えた蒼汰《そうた》は、帰り際《かえりぎわ》に野暮とは思いつつも、乃愛《のあ》にコスイベ終了の報告と、近くにいるなら一緒に帰ろうという旨《むね》のメッセを送ってみる。

けれど、乃愛《のあ》からは『もう家にいるから』というアリバイじみた返信がきたので、大人しく一人で帰路に就くのだった。

◇

週が明けると、いよいよテスト結果の返却が始まった。

授業ごとに皆が一喜一憂する中、乃愛《のあ》だけは無表情で答案用紙を受け取っている。

とりあえずは軽いノリで声をかけてみても、

「現国どうだった？　俺は及第点だったぞ」

「……内緒」

なんて濁されるだけ。どのテストの点数も、蒼汰《そうた》に共有する気はないらしい。

本人が言わない以上、勝手に答案を覗《のぞ》くのも気が引けるし、これでは点数が良《い》いのか悪いのかもわからない。

ついでに言えば、どことなく乃愛《のあ》の態度が素っ気ない気がしていた。

最初はコスイベの件が気まずいだけかと思ったが、もしやテストの点数がよほど悪いのではと心配になってしまう。これはご褒美《ほうび》どころか、留年なんかもあり得るんじゃないかと、蒼汰《そうた》は気が気でなくなっていた。

とはいえ、乃愛《のあ》は口数が少ないながらも、放課後には一緒に帰っている。

その際に蒼汰《そうた》は遠回しに励ますような発言をするのだが、やはり乃愛《のあ》の反応は薄い。

ついでに言えば、やっぱり二人きりでも素っ気ない態度ばかりで。少なくともあのコスイベ以降、乃愛《のあ》がなにを考えているのかは全くわからずにいた。

最終的にはテストの学年上位者、五十名は掲示板に貼り出されることになっているが、それ以下の者の順位や点数はわからないので、蒼汰《そうた》としてはモヤモヤした気持ちで過ごしていた。

「あんたたち、また痴話喧嘩《ちわげんか》でもしたの？」

数日が経《た》った頃、やちよが心配そうに声をかけてきた。

「そうじゃないはずなんだけどな～」

「ふぅん、まあでもせっかくテストも終わったんだし、どこかで羽を伸ばしてきたら？」

「いや、まだ答案が返却されきってないからさ……」

「あー……」

乃愛《のあ》の場合、やる気がなければ赤点もあり得るだろう。

幸いというか、乃愛《のあ》が今のところ赤点を取ったことはないが、それに近しい点数は平気で取っていた。

だからまあ、不安は拭い切れないのだ。

今回で乃愛《のあ》が赤点を取るようなことがあれば、また教師から心配されるだろう。

場合によっては、乃愛《のあ》の祖母の方に連絡がいくかもしれない。

そうなれば、乃愛《のあ》だってきっと困るに違いないのだ。

（といっても、今からできることはないんだよな……）

今はせめて、神頼みをすることぐらいしかできない。

不安を募らせる蒼汰《そうた》をよそに、乃愛《のあ》は呑気《のんき》な様子で窓の外を眺めているのだった。

それからさらに数日が経《た》ち。

この日の午前中のうちに、最後のテストの答案が返却された。

昼休みには昇降口近くの掲示板に順位表が貼り出されるはずで、蒼汰《そうた》は自分の名前が載っていることを確信していた。

何せ、全八教科でどれも九割程度の点数を取っているからだ。

ゆえに、昼休みを迎えるなり蒼汰《そうた》が席を立つと、乃愛《のあ》まで一緒に立ち上がる。

「私も行く」

「お、おう」

乃愛《のあ》がテスト結果を確認しに行くのは珍しい。今回ばかりは特別なようだ。

二人で掲示板のもとに向かうと、群がる生徒たちがざわついていた。

やたらと騒がしいことを不思議に思いながら、蒼汰《そうた》は二年生の順位表を見たのだが、

「――ッ⁉」

驚愕《きょうがく》に言葉を失った。

『一位：藤白乃愛《ふじしろのあ》　七百九十八点』


全教科ほぼ満点で堂々の一位を飾るのは、今隣にいる乃愛《のあ》だったのだ。

ちなみに蒼汰《そうた》は四位。個人的には健闘したと思うが、頭の中はどうしても乃愛《のあ》が一位であることの衝撃でいっぱいになっていた。

「よし、計画通り」

乃愛《のあ》がぼそりと呟《つぶや》く。

当然だが、返却された各教科の得点によってこうなることは予想できていたのだろう。今までの沈黙も全て、いわゆる確信犯というやつだ。

てっきり悪い点数を隠しているのかと思いきや、その真逆だったわけである。

「す、すごいじゃないか。おめでとう、乃愛《のあ》」

「ありがとう。ところで蒼汰《そうた》、約束は覚えてる？」

「えっ、ああ……」

すっかり頭の中から抜け落ちていたが、全教科が平均点以上なら『ご褒美《ほうび》』をあげるという約束をしていたのだった。

「ならいい。私の方で『ご褒美《ほうび》』の内容は考えておいたから、期待してるね」

「こんな高得点を取ったんだし、それは文句ないけど……一体なにをお願いするつもりなんだ？」

「まだ内緒。帰りに教えるから」

そう言って、乃愛《のあ》はすたすたと教室に戻っていく。

蒼汰《そうた》は妙な胸騒ぎを覚えながらも、その後に続いた。

「すごいじゃない！　やっぱり入試の首席合格はマグレじゃなかったのね！」

教室に戻るなり、やちよが自分のことのようにはしゃぎながら祝福してくる。本当に良《い》い人である。

ちなみに、やちよの順位は九位だった。やちよ自身も自己ベストを更新した形である。

「ありがとう、やっちゃん。やっちゃんたちがコスイベの準備を手伝ってくれたおかげで、テスト勉強に集中することができた」

「えー、それってもしかしなくても、あたしも含まれています？」

なぜだか茜《あかね》まで教室に来ていて、物欲しそうな顔で言う。

「もちろん、茜《あかね》にも感謝している。ちなみに、茜《あかね》は何位だったの？」

「学年で七位でしたよー。まあそこそこですよね～」

「いや、十分高いでしょうが……」

やちよがツッコミを入れた通り、七位は立派に優等生の順位である。

「そうですかねぇ～。蒼汰《そうた》センパイはどうでした？」

「俺は四位だったよ。総合得点の割には順位が高かったし、今回は難しめだったのかもな」

「さすがです～！　ならあたしが勝ったのは、やっちゃんセンパイだけですか～」

「いやいや、学年が違うんだから比較にならないでしょうが」

「はは」

蒼汰《そうた》は安堵《あんど》の笑みをこぼす。

無事に乃愛《のあ》のテストが終わってホッとしたのだ。赤点になるどころかとんでもない得点を叩《たた》き出《だ》したのは予想外だが、それだって当然嬉《うれ》しい。

でも、乃愛《のあ》は一体どんな『ご褒美《ほうび》』をもらうつもりなのか。

思い当たるものなんて、蒼汰《そうた》には――

「あ」

そこで一つ思い浮かぶ。

コスイベの最中、メアの姿で乃愛《のあ》は言っていた。

『ほっぺにチューをしてほしくて』――と。

（つ、つまり、ご褒美《ほうび》に俺が頬キスをすることになるかもしれないのか⁉）

そう考えると、途端に胸の鼓動が騒がしくなる。

乃愛《のあ》の方をちらと見遣《みや》ると、やちよや茜《あかね》とともに談笑していた。

蒼汰《そうた》の視線はそのほっぺに、そして唇に吸い寄せられて──

「蒼汰《そうた》？」

視線に気づいたのか、乃愛《のあ》が不思議そうに小首を傾《かし》げる。

「あ、ああ、どうかしたか？」

「いや、蒼汰《そうた》がこっちを見てたから」

「悪い、なんでもないんだ。ははは……」

「変な蒼汰《そうた》」

見たところ、普段の乃愛《のあ》と変わらないように思える。これから蒼汰《そうた》にキスを要求してくるとは思えない平常さだ。

考えてばかりいても仕方がないので、蒼汰《そうた》は大人しく放課後になるのを待つのだった。


迎えた放課後。

いつものように、蒼汰《そうた》は乃愛《のあ》と一緒に学校を出る。

互いに無言のまま歩き続け、河川敷《かせんじき》に差し掛かったところで乃愛《のあ》が足を止めた。

「蒼汰《そうた》」

「はいっ⁉」

ついテンパった蒼汰《そうた》は、素っ頓狂な声で反応してしまう。

この頃にはすでに、乃愛《のあ》の表情にも緊張感があった。

「えっと、その……」

乃愛《のあ》はモジモジとしながら、視線を泳がせている。

対する蒼汰《そうた》も緊張しっぱなしだった。

何せ、昼休みから蒼汰《そうた》はいろいろと思考を巡らせていたわけで。

メアは——乃愛《のあ》は蒼汰《そうた》にキスをしてほしくて、コスプレイベントに参加したと言っていた。

そのときはコスプレ状態かつトモダチという体だったが、わざわざ嘘《うそ》をつくとは思えない。

つまりは乃愛《のあ》も、連休明けの頬キスを印象強く覚えてくれていたというわけだ。

あの日の出来事を考え続けていたのが自分だけじゃないとわかって、蒼汰《そうた》の中には嬉《うれ》しい気持ちがあった。

だが、同時に覚悟を決めねばならないという気持ちになる。

これまでは当然だが、蒼汰《そうた》の方から乃愛《のあ》へ、キスに類する行動はしたことがない。

それを蒼汰《そうた》の方からするということは、今までの関係よりも一歩進むことを意味する。

すでに乃愛《のあ》から頬キスという行動を起こした後なので、あまり変化はないのかもしれない。

でも、蒼汰《そうた》にとっての精神的な一線が踏み越えられる予感はあった。

——だからこそ、蒼汰《そうた》は一歩進む覚悟を決める。

「乃愛《のあ》、『ご褒美《ほうび》』の話だよな」

こくり、と乃愛《のあ》が頷《うなず》いてみせる。

一応ここで、蒼汰《そうた》の方から『ご褒美《ほうび》の件だけど、ほっぺにキスでいいか？』と提案することも可能ではある。元々は蒼汰《そうた》がご褒美《ほうび》の内容を考えると言い出したからだ。

とはいえ、自分からそれを言うのはキザすぎる気がするし、万が一にでも間違っていた場合は誰も得をしないだろう……。

それに乃愛《のあ》は言ったのだ。

私の方で『ご褒美《ほうび》』の内容は考えておいたから──と。

ゆえに、蒼汰《そうた》は乃愛《のあ》からの要求を受けることにする。

「乃愛《のあ》は今回、ほぼ満点近くを取ったからな。俺は、その、なんだって叶《かな》えてやりたいと思っているよ。その覚悟だって決めたつもりだ」

乃愛《のあ》が要求を口にしやすいよう、蒼汰《そうた》は自身の覚悟を伝えておく。

すると、乃愛《のあ》は少し表情を和らげた。

「ありがと、蒼汰《そうた》。それじゃあ、言うね」

「ああ……」

蒼汰《そうた》は生唾を飲み込む。

（いよいよほっぺにキスか……俺がキスするんだ、乃愛《のあ》に。あのほっぺたにキスを──）

そこで乃愛《のあ》は意を決したように口を開いて、

「――『乃愛《のあ》はメアより可愛《かわい》い』、って言ってほしい」

そう告げた。

「…………へ？」

ぽかんと呆《ほう》ける蒼汰《そうた》。予想していた内容と違ったせいで、頭の中が一瞬フリーズする。

対する乃愛《のあ》は、赤面しながらも真剣な様子で。

その表情に、蒼汰《そうた》は我に返った心持ちになりながら、真《ま》っ直《す》ぐに見つめ返して言う。

「わかった、そんなことならお安い御用だよ。でも、それだけでいいんだな？」

「うん……嘘《うそ》でもいいから」

「じゃあ、言うぞ」

すうっと蒼汰《そうた》は大きく息を吸い、

「――乃愛《のあ》はメアより可愛《かわい》いぞぉ～～～っ！　というか、乃愛《のあ》より可愛《かわい》い女の子なんかっ、俺はこれまで見たことないっての～～～っ!!」

そんなこっ恥ずかしいことを、大声で叫んでやった。

乃愛《のあ》は大きく目を見開きながら驚いている。

それから、ぷっと吹き出すようにして笑った。

「蒼汰《そうた》、声が大きい」

嬉《うれ》しそうに、乃愛《のあ》は満面の笑みを浮かべてくれる。

何やら心底安堵《あんど》したような乃愛《のあ》の顔を見て、どうやら不安にさせていたらしいことに蒼汰《そうた》は思い至った。

だから蒼汰《そうた》は近づいていくと、乃愛《のあ》の頭をぐりぐりと撫《な》でてやる。

「なにせこれは、テストを頑張ったご褒美《ほうび》だからな。たっぷりと気持ちを込めてやったぞ」

「うん、届いたよ。嬉《うれ》しい。ありがと」

その笑顔は初夏の夕日に照らされて、とても綺麗《きれい》に輝いていた。

言った後では遅いが、今のはもう告白だと受け取られてもおかしくないんじゃないかと、蒼《そう》汰《た》は気づいてしまう。

でもまあ、乃愛《のあ》ならそうは受け取らない気がした。何せ乃愛《のあ》は、自分が演じたもう一人の存在に嫉妬してしまうぐらい、とてもひねくれているのだから。

「でもびっくりしたぞ。まさか乃愛《のあ》がトモダチ——メアちゃんに嫉妬していたなんてな」

「だ、だって、蒼汰《そうた》がメア相手にも鼻の下を伸ばしてたから。それに、ほっぺたをくっつけてツーショット写真も撮ったでしょ」

「ん？　もしかして、乃愛《のあ》もどこかで見てたってことか？」

「ち、ちがっ、メアから聞いたの！　蒼汰《そうた》がメアとか、他の参加者にも鼻の下をデレッデレに伸ばしていたって！　写真も見たけど、女の人と写ってるのは全部鼻の下が伸びてた！」

「お、おい、それは心外だぞ⁉　他の参加者にデレデレなんかしてないって！」

「でもメアにはデレデレだったんだ？」

「それは……」

否定できない。

何せ、あの姿も乃愛《のあ》であることに変わりはないのだから。

「じぃーっ」

「まあいいだろ、過ぎたことなんだし！　それより、用件が済んだなら帰るぞ！」

そうして蒼汰《そうた》が歩き出すと、乃愛《のあ》がひょこひょこと後ろをついてくる。

正直に言えば、今回のご褒美《ほうび》は肩透かし気味だった。

てっきり蒼汰《そうた》は、『ほっぺたにキス』を求められると身構えていたからだ。

結果、それは蒼汰《そうた》の思い過ごしになってしまったわけだが。

（でもまあ、メアが――乃愛《のあ》が望んでくれていたことには違いないんだよな）

今は乃愛《のあ》の姿で、だから蒼汰《そうた》もキスをすることに抵抗感などはなくて。

だったら……。

そうして考えているうちに、いつもの分かれ道に到着する。

以前に、乃愛《のあ》から頬キスをしてきたのもここだった。

時間帯もちょうど今ぐらいで。今の方が、多少は陽が高いかもしれないが。

「それじゃあ蒼汰《そうた》、また明日ね」

乃愛《のあ》は上機嫌に、少し照れくさそうに微笑《ほほえ》んでから歩き出した。

その小さな後ろ姿を向けられた途端、蒼汰《そうた》は弾《はじ》かれたように動き出す。

そのまま、ぐいっと腕を引き寄せて、

「えっ」

――ちゅっ。

驚いて振り返った乃愛《のあ》の額に、口づけをした。

すると、みるみる間に乃愛《のあ》の顔が真っ赤に染めていき……。

「にゃっ、にゃにゃにゃっ、にゃにを……」

「同じところにするんじゃ、芸がないだろ?」

「しょ、しょうゆう、もんだいじゃ、なくて……」

ぼふんと音が出そうなほど、先ほどなんか比べ物にならないくらい真っ赤になった乃愛《のあ》に向かって、蒼汰《そうた》は得意げに言ってやる。

「乃愛《のあ》があんまりにも可愛《かわ》いから、幼馴染《おさななじみ》のでこキスを食らわせてやったぞ。俺は大満足だ」

「は、ははは、は……」

乃愛《のあ》はぐるぐると目を回しながら、口をあわあわとさせ、

「――はにゃああああああ～～～～～～～～～～～～～～～～～～っ!?」

聞いたこともないくらいの大声を発して、乃愛《のあ》は悶絶《もんぜつ》したのだった。

エピローグ

中間テストの返却も終わり、暑さが増すこの頃。

「ふんふふ～ん♪」

明らかに上機嫌な乃愛《のあ》の鼻歌が、昼休みの教室に響き渡る。

今は蒼汰《そうた》と乃愛《のあ》が机を向かい合わせて、昼食をとっている最中だった。

「やけにご機嫌じゃない。やっぱり学年一位の頭脳の持ち主は、人生が楽しそうね～」

そこでやちよが冷やかすようなノリで絡《から》んでくる。でもどこか彼女も機嫌がいい様子だ。

ついでに言えばここ最近、教師陣もホッとしているように思えた。

「まあ、それほどでもある。はっきり言って、人生バラ色すぎてやばい」

「はは、大げさだなぁ乃愛《のあ》は」

「あんたらやっぱり、なんかウザいわね……」

「じーっ」

そんなバラ色の二人を教室の入り口で睨《にら》みつけるのは、お弁当持参の茜《あかね》である。

「どうしたんだ、茜《あかね》ちゃん。そんなところに立ってないで、一緒に昼飯を食べようぜ」

「その通り。早くまざるといい」

すると、茜《あかね》も渋々空いた椅子に座る。

「ていうか、お二人とも明らかに何かありましたよね？」

「んー、どうだろうな」

「乃愛《のあ》、よくわかんない」

「いやおかしいでしょ！　ていうか、藤白《ふじしろ》センパイも人称どうしちゃったんですか⁉　突然のぶりっ子キャラに覚醒とか痛すぎるんですけど！」

こちらはこちらでテンション高めに騒ぐ茜《あかね》の肩に、やちよの手がぽんと置かれる。

「いいのよ、これで藤白《ふじしろ》さんの成績が安定してくれるなら。この二人のことだし、どうせ大したこともしていないわよ」

「そうかもですけど～、なんかムカつくんですもん」

「その気持ちには同意するけど」

「蒼汰《そうた》、なんかこの者どもに失礼なことを言われている気がする」

「まあ、言われても仕方がないとは思うけどな」

「蒼汰《そうた》まで同意⁉」

なんて騒がしい昼休みを終えて。

帰り道。

いつも通りに蒼汰《そうた》と乃愛《のあ》は学校を出て、河川敷《かせんじき》を並んで歩いていく。

それから瞬《また》く間《ま》に、分かれ道に到着して。

「ねぇ、蒼汰《そうた》」

「ああ」

蒼汰《そうた》が向き直ると、乃愛《のあ》は「ん」と目を瞑《つぶ》って顔を突き出す。

これは、いわゆるキス待ち顔というやつだ。

蒼汰《そうた》は胸の鼓動を高鳴らせながら、その両肩に手を置いて近づいていく。

そしてそのまま、ほんのり赤い頬にキスをした。

「……えへへ、しあわせぇ」

顔をゆるっと崩す乃愛《のあ》。

蒼汰《そうた》も同じように、幸せいっぱいの顔になっていた。


——というのも実はあの後、乃愛《のあ》と話し合って決めたのだ。

幼馴染《おさなな》《じみ》のスキンシップとして、頬や額へのキスは習慣にしよう——と。

これが他人には言えないくらい、普通じゃないことはわかっている。

そんなことを習慣化させてしまったら、どんどんエスカレートしていくだろうことも。

二人の願望が重なった結果、どちらともなくそんな取り決めをしたのである。

(でも――いや、だからこそ……っ)

次は乃愛《のあ》の方からもまたしてほしいな、と蒼汰《そうた》が浮ついたことを考えていると、乃愛《のあ》がまだ赤い頬をさすりながら言う。

「ねぇ、蒼汰《そうた》。私もしていい？」

「一回だけって、約束じゃないのか？」

「私はまだしてないもん」

「仕方ないな……」

蒼汰《そうた》は少しだけ屈《かが》んで、両目を瞑《つぶ》る。

すると、乃愛《のあ》の柔らかい唇が額に触れてきて、

――ちゅっ、ちゅっ。

おでこだけじゃなく、ほっぺたにまでキスをされていた。

「ったく、乃愛《のあ》はルールを守る気がないだろ」

「蒼汰《そうた》がいやなら、やめるけど」

「そんなわけ、ないだろうが……」

互いに顔を真っ赤にしてしまい、上手《うま》く目を合わせられない。

この状況はどう収拾をつけるべきかと蒼汰《そうた》が悩んでいると、乃愛《のあ》がくいっと袖をつまんでき

て言う。

「そうそう、これはトモダチの話なんだけど」

「え、ああ」

「近々、また蒼汰《そうた》に会いたいって。蒼汰《そうた》への好感度は爆上がり中だし、次は強引にキスぐらいしてくるかもしれない」

「マ、マジか……」

口をあんぐりと開けて固まる蒼汰《そうた》を見て、乃愛《のあ》はいたずらっぽい笑顔になる。

「でも、ここはダメだからね？」

乃愛《のあ》が自身の薄桃色の唇に指を当てながら、蠱惑《こわく》的な顔で言う。

どくん、と蒼汰《そうた》の鼓動が大きく跳ねるのがわかった。

「──ごほん。ちょっと冷静になろうか、俺たち」

「うぅ……賛成。顔が熱い」

なんてヘタレなことを言い合いながら、二人して笑う。

「あ、でもそうだ」

そこで乃愛《のあ》が何やら思いついた様子で、ちょいちょいと手招きをしてくる。

「ん、なんだ？」

少し屈《かが》んでやると、乃愛《のあ》はつま先立ちをしながら唇を寄せてきて言う。

「これは、トモダチの話なんだけどね——」

こうして、トモダチの話は続いていく。

恋物語を紡《つむ》ぐ二人は、互いを想《おも》うだけで胸を高鳴らせるのだった。

あとがき

お久しぶりです。戸塚陸《とづかりく》です。

この度は、『【恋バナ】これはトモダチの話なんだけど』、二巻をお手に取ってくださり、誠にありがとうございます。

こうして二巻を出すことができたのも、応援してくださった皆様のおかげです。

今巻では初夏に入り、以前とは関係が変わった蒼汰《そうた》と乃愛《のあ》のやりとりを描きました。

互いに意識し合う甘酸《あまず》っぱくてもどかしい青春模様には、テスト勉強だとかコスプレイベントだとか、そういった様々な出来事が関わってきます。

そこにトモダチの恋バナという題材が絡《から》むことで、蒼汰《そうた》と乃愛《のあ》、それに茜《あかね》ややちよなんかも生き生きとしてくれたような気がしています。

ラブコメらしい乃愛《のあ》たちの恋模様や青春風景を、ぜひ楽しんでいただけたら幸いです。

そして今回のイラストも大きな見どころで、表紙の乃愛《のあ》を見ていただければわかる通り、夏らしい爽やかなイラストを描いていただきました。

挿絵も作中の躍動感が伝わるものばかりなので、ぜひとも本文と一緒に楽しんでいただけると嬉《うれ》しいです。

最後に謝辞を。

担当編集者様、そしてこの作品の出版にかかわってくださった皆様、今回もありがとうございます。今後も精進していきますので、よろしくお願い致します。

イラストを担当してくださった、白蜜柑《しろみかん》様。躍動感と可愛《かわい》らしさが同居した素敵なイラストを描いてくださり、ありがとうございます。夏服の乃愛《のあ》が可愛《かわい》すぎて感動しっぱなしでした。

そして読者の皆様。一巻に引き続きの方も、二巻から本作を知ってくださった方も、誠にありがとうございます。心から感謝しております。今後も楽しんでいただけるよう励みますので、どうぞよろしくお願い致します。

ここまで読んでくださって、ありがとうございました。

それではまた、お会いできることを願って。

戸塚陸《とづかりく》

◉戸塚 陸著作リスト

「未練タラタラの元カノが集まったら」（電撃文庫）
「【恋バナ】これはトモダチの話なんだけど
〜すぐ真っ赤になる幼馴染の大好きアピールが止まらない〜」（同）
「【恋バナ】これはトモダチの話なんだけど2
〜すぐ真っ赤になる幼馴染はキスがしたくてたまらない〜」（同）

本書に対するご意見、ご感想をお寄せください。

ファンレターあて先
〒102-8177　東京都千代田区富士見 2-13-3
電撃文庫編集部
「戸塚 陸先生」係
「白蜜柑先生」係

本書は書き下ろしです。

電撃文庫

【恋《こい》バナ】これはトモダチの話《はなし》なんだけど2

〜すぐ真《ま》っ赤《か》になる幼馴染《おさななじみ》はキスがしたくてたまらない〜

戸塚《とづか》 陸《りく》

2024年５月10日　初版発行

発行者　山下直久

発行　株式会社KADOKAWA

〒102-8177　東京都千代田区富士見2-13-3

0570-002-301（ナビダイヤル）

装丁者　荻窪裕司（META＋MANIERA）

印刷　株式会社暁印刷

製本　株式会社暁印刷

●お問い合わせ

https://www.kadokawa.co.jp/（「お問い合わせ」へお進みください）

※内容によっては、お答えできない場合があります。

※サポートは日本国内のみとさせていただきます。

※ Japanese text only

※定価はカバーに表示してあります。

ISBN978-4-04-915696-6　C0193　Printed in Japan

電撃文庫　https://dengekibunko.jp/

電撃文庫DIGEST　5月の新刊　発売日2024年5月10日

第30回電撃小説大賞《銀賞》受賞作 新作 **バケモノのきみに告ぐ、** 著／柳之助　イラスト／ゲソきんぐ	尋問を受けている。語るのは、心を異能に換える《アンロウ》の存在。そして4人の少女と共に戦った記憶について。いまや俺は街を混乱に陥れた大罪人。でも、希望はある。なぜか？――この『告白』を聞けばわかるさ。
私の初恋は恥ずかしすぎて誰にも言えない② 著／伏見つかさ　イラスト／かんざきひろ	「呪い」が解けた楓は「千秋への恋心はもう消えた」と嘘をつくが「新しい恋を探す」という千秋のことが気になって仕方がない。きょうだいで恋愛なんて絶対しない！　だけど……なんでこんな気持ちになるんですか！
続・魔法科高校の劣等生 **メイジアン・カンパニー⑧** 著／佐島 勤　イラスト／石田可奈	FAIRのロッキー・ディーンが引き起こした大規模魔法によって、サンフランシスコは一夜にして暴動に包まれた。カノープスやレナからの依頼を受け、達也はこの危機を解決するためUSNAに飛ぶ――。
ほうかごがかり3 著／甲田学人　イラスト／potg	大事な仲間を立て続けに失い、追い込まれていく残された「ほうかごがかり」。そんな時に、かかりの役割を逃れた前任者が存在していることを知り――。鬼才が放つ、恐怖と絶望が支配する"真夜中のメルヘン"第３巻。
組織の宿敵と結婚したらめちゃ甘い2 著／有象利路　イラスト／林けゐ	敵対する異能力者の組織で宿敵同士だった二人は――なぜかイチャコラ付き合った上に結婚していた！　そんな夫婦の馴れ初めは、まさかの場末の合コン会場で……これは最悪の再会から最愛を掴むまでの初恋秘話。
凡人転生の努力無双2 ～赤ちゃんの頃から努力してたらいつのまにか日本の未来を背負ってました～ 著／シクラメン　イラスト／夕薙	何百人もの祓魔師を葬ってきた《魔》をわずか五歳にして祓ったイツキ。小学校に入学し、イツキに対抗心を燃やす祓魔師の少女と出会い!?　努力しすぎて凡人なのに最強になっちゃった少年の痛快無双譚、学園入学編！
放課後、ファミレスで、クラスのあの子と。2 著／左リュウ　イラスト／magako	突然の小白の家出から始まった夏休みの逃避行。楽しいはずの日々も長くは続かず、小白は帰りたくない元凶である家族との対峙を余儀なくされる。けじめをつける覚悟を決めた小白に対して、紅太は――。
【恋バナ】これはトモダチの話なんだけど2～すぐ真っ赤になる幼馴染はキスがしたくてたまらない～ 著／戸塚 陸　イラスト／白蜜柑	あの"キス"から数日。お互いに気持ちを切り替えた一方、未だに妙な気まずさが漂う日々。そんななか「トモダチが言うには、イベントは男女の仲を深めるチャンスらしい」と、乃愛が言い出して……？
ツンデレ魔女を殺せ、と女神は言った。3 著／ミサキナギ　イラスト／米白粕	「俺はステラを救い出す」女神の策略により、地下牢獄に囚われてしまったステラ。死刑必至の魔女裁判が迫るなか、女神に対抗する俺たちの前に現れたのは《救世女》と呼ばれるどこか見覚えのある少女で――。
新作 **孤独な深窓の令嬢はギャルの夢を見るか** 著／九曜　イラスト／椎名くろ	とある「事件」からクラスで浮いていた赤沢公親は、コンビニでギャル姿のクラスメイト、野添瑞希と出会う。学校では深窓の令嬢然としている彼女の意外な秘密を知ったことで、公親と瑞希の奇妙な関係が始まる――。
新作 **幼馴染のVTuber配信に出たら超神回で人生変わった** 著／道野クローバー　イラスト／たびおか	疎遠な幼馴染の誘いでVTuber配信に出演したら、バズってそのままデビュー……ってなんで！？　Vとしての新しい人生は刺激的でこれが青春ってやつなのかも……そして青春には可愛い幼馴染との恋愛も付き物で？
新作 **はじめてのゾンビ生活** 著／不破有紀　イラスト／雪下まゆ	ゾンビだって恋をする。バレンタインには好きな男の子に、ライバルより高級なチーズをあげたい。ゾンビだって未来は明るい。カウンセラーにも、政治家にも、宇宙飛行士にだってなれる――！
新作 **他校の氷姫を助けたら、お友達から始める事になりました** 著／皐月陽龍　イラスト／みすみ	平凡な高校生・海似蒼太は、ある日【氷姫】と呼ばれる他校の少女・東雲凪を痴漢から助ける。次の日、彼女に「通学中、傍にいてほしい」と頼まれて――他人に冷たいはずの彼女と過ごす、甘く溶けるような恋物語。

那西崇那
Nanishi Takana
[絵]NOCO
絶対に助ける。
——たとえそれが、
彼女を消すことになっても。
蒼剣《そうけん》の歪《ゆが》み絶《だ》ち
VANIT SLAYER WITH TYRFING
ラスト1ページまで最高のカタルシスで贈る
第30回電撃小説大賞《金賞》受賞作
電撃文庫

全人類の記憶を
ロックした前代未聞の
身代金テロの真相は
夏海公司
絵：れおえん
セピア×セパレート
SEPIA X SEPARATE
復活停止
RESTORATION SUSPENSION
3Dバイオプリンターの進化で、
生命を再生できるようになった近未来。
あるエンジニアが〈復元〉から目覚めると、
全人類の記憶のバックアップをロックする
前代未聞の大規模テロの主犯として
指名手配されていた──。
電撃文庫

ふたりぼっち。
安住の星を探して宇宙旅行★
発売即重版となった『竜殺しのブリュンヒルド』
著者・東崎惟子が贈る宇宙ファンタジー！
少女星間漂流記
著・東崎惟子　絵・ソノフワン
電撃文庫